霍达 著

红尘

曹禺题

北京出版集团公司
北京十月文艺出版社

作者简介

霍达，女，回族。国家一级作家，第七、八届全国政协委员，第九届全国人大代表，第十、十一、十二届全国政协常委，中央文史研究馆馆员，国务院授予政府特殊津贴。著有多种体裁的文学作品约800万字，其中，长篇小说《穆斯林的葬礼》获第三届茅盾文学奖；长篇小说《补天裂》获第七届全国五个一工程奖的长篇小说和电视剧两个奖项，并被中宣部、文化部、新闻出版总署、广播电视总局、中国文联、中国作协评为建国50周年全国十部优秀长篇小说之一；中篇小说《红尘》获第四届全国优秀中篇小说奖；报告文学《万家忧乐》获第四届全国优秀报告文学奖，中国消费者协会授予保护消费者杯全国个人最高奖及3·15金质奖章；报告文学《国殇》

获首届中国潮报告文学奖；话剧剧本《红尘》获第二届国家舞台艺术精品工程优秀剧本奖；电视剧《鹊桥仙》获首届全国电视剧飞天奖；电影剧本《我不是猎人》获第二届全国优秀少年儿童读物奖；电影剧本《龙驹》获建国四十周年全国优秀电影剧本奖；散文《义冢丰碑》《烟雨文武庙》获香港回归征文全国一等奖；散文《为了那片苍天圣土》获全国政协庆祝香港回归十周年优秀征文奖，散文《听海》获中华散文学会优秀散文获。此外，代表作尚有电影剧本《秦皇父子》、话剧剧本《海棠胡同》等，并曾多次获全国少数民族文学创作骏马奖，以及建国40周年北京优秀文学创作奖、北京文学奖荣誉奖、火凤凰报告文学奖、炎黄杯当代文学奖、花城文学奖等多种奖项。2009年当选全国民族团结进步模范，在国务院第五次民族团结进步表彰大会上受到表彰，2010年获上海世博会联合国千年发展目标主题活动组委会授予民族文化传承和发展卓越成就奖。1999年北京出版社出版六卷本《霍达文集》，2009年人民文学出版社出版八卷本《中国当代作家·霍达系列》、九卷本《霍达文选》。作品有英、法、阿拉伯、乌尔都等多种文版及港台出版的繁体字中文版行世。曾应邀出任开罗电影节国际评委、第四次世界妇女大会代表、《港澳大百科全书》编委，并赴美、英、法、日、俄、意大利、西班牙、新加坡、马来西亚、芬兰、挪威、埃及等十余国进行访问和学术交流，生平及成就载入《中国当代名人录》和英、美版《世界名人录》。

目　录

《红尘》读后

荒煤

读罢《红尘》（《花城》1986年第3期），不禁去翻翻封二霍达的近照，觉得她似乎有点儿忧伤而又冷峻地凝视着前方，在思考什么。

我透过《红尘》，倒有点儿思考。

多少年来，对反映十年动乱的作品，有些评论工作者总有无尽的忧虑。我倒希望有些评论家下下“凡尘”，来认识一下这篇作品中一些极为平凡的人物，对他们演出的一场小小的悲剧做些了解。

历史毕竟是一面无情的镜子，它虽然反映过去，却可使人更清醒地认识现实，冷静地迎接未来。彻底否定“文革”，这句话说起来简单，真正做到，谈何容易。新时期以来，所谓“伤痕文学”这股思潮中所产生的作品有多少，冲击了多少人的心灵，又冲破了多少禁区，对新时期创作的洪流，应该给予什么样的历史评价，怎样看待它们推动历史前进的作用……的确有很多值得思考的问题。

我很高兴地看了《红尘》，得到了一点启发。我们在呼吁文艺界很好地总结新时期以来文学战线所取得的光辉成就的同时，也呼吁作家要努力创造更全面概括“文革”的史诗性的作品，又必须注意不要搞新的模式化。每一个作家都有各自的经历、感受，应该从自己已经开掘和尚未开掘得很深的基地上向纵深发展。不论是哪一个作家、哪一部作品，都可以有自己的特色和深度。

《红尘》只是写了北京的一个极小的角落，一个只有几户人家的小胡同，几个极平凡人物的小小的悲剧，并没有直接去表现“文革”风暴中的惊涛骇浪、极为尖锐复杂的矛盾和斗争，也说不上是什么重大题材……可是生活中往往有这种现象：一场大地震之后，即使是轻微的余震，也会使人心魂不定，较之突然的风暴，蕴孕着更深的颤抖，读了《红尘》，就有这种“余震”的感觉。

作者用她熟悉的“京白”口语，似乎如叙家常地平静地娓娓而谈，却十分委婉、细腻、真实地描绘了几个平凡人物的命运，展示了他们的个性、心理。既有被世俗眼光蔑视的、出身卑贱、却有一颗美好善良心灵的“德子媳妇”，也有马三胜、黑子等那种愚昧无知、充满卑微心理的所谓“群众”，也有一个掌握政治气候、风向的小小的领导——“街道主任”，于是德子媳妇终于不得不结束自己微不足道的生命。

令人深思的，是作者最后似乎轻描淡写地写了这样几句结束语：

“人们需要有不完美的人来衬托自己的完美，需要用无聊的话题打发自己的无聊。于是，就时常提那些有关德子媳妇的往事，好像十分怀念似的。遇有生人到这胡同里来，他们还指点着德子的故居对人家说：‘从前，姆们这儿还住过一个窑姐儿呢……’那语气，似乎有些炫耀。”

这既是作者对德子媳妇的死寄予的深沉的同情，也是发自内心的深沉的感慨。

我不想来议论作者对德子媳妇之死因是否概括得完全准确。

然而，和许多作品一样的情景，我固然欣赏德子媳妇这个重要人物性格的心理刻画的真实与深刻，但我也很难摆脱孙桂贞这个人物对我的困扰。

正如我看了电视剧《新星》，很难忘了顾荣一样。

这实在是一种典型人物——区别仅在于不同的地位和程度不等的作用，反正时势造英雄，这种人在种种政治风云中，总是闻风而起，随风而动，大小是一位领导，也就能左右在他势力范围内一些人的命运，而又自我感觉良好，唯我正确……于是就产生了许多许多悲剧。

我不认为，大大小小的顾荣、孙桂贞（当然这两个人物也不能画等号）等等，都是要用别人的不完美来衬托自己的完美。真正的悲剧，在于这种类型的人，往往是自觉或不自觉地自认为最完美，唯我正确，唯我不忘阶级斗争，唯我能正确理解、执行政策，最能领会领导的意图，坚决贯彻……这就使得历次运动不能不重复发生各种悲剧。

孙桂贞与德子媳妇这两个绝对不同地位的女性，一个天上，一个地下，形成了强烈的对比。

“孙桂贞家在十年浩劫中保存得最为完好……而且阖府安康，人丁兴旺……”

德子这个无产阶级却无法回答他媳妇的下列问题：

“什么政策能落到你头上？给你平反？改正？说什么，说你……”

德子媳妇当然更无法回答这些问题。“文革”风暴尽管过去了，人们庆祝得到第二次解放；可是德子媳妇却只得那么从容地死去——她感到：“这个世界真累人！”

这只是一个小小的悲剧。可是，德子媳妇死得这么从容、平淡，死的时机却是在历史大转折之后，死的原因却又蕴孕多么复杂的因素，难道不值得我们认真思考吗？

任何历史的剧烈的变动、转折，都不是偶然的，都有极其深厚而错综复杂的历史、社会、思想的根源。单从现象来看，好像很容易能够看清事实的真相；可是，仔细思考，在“文革”期间的许多惊人的理论、观点和口号，实际上因袭了我们民族历史上多么沉重、腐朽的思想包袱啊。林、江两个反革命集团实行的封建法西斯专政，难道不就是披着“不断革命”的神圣外衣的极“左”思潮、封建思想与专政手段相结合的畸形怪胎？不是一场十年浩劫，谁能对我国封建传统思想与习惯势力渗透人们心灵的悲剧，会有如此深刻的认识和反省？

思想不解放，不看破这点儿红尘，我们又怎么能丢掉包袱，振兴中华？

所以，我觉得这篇作品，虽然不是什么大题材或规模宏伟、人物众多的巨著，然而透过德子媳妇这一滴水，却使我们看到十年动荡的生活海洋里另一个深沉的侧面，同样叫人感到不寒而栗！

这也说明，作者别出心裁，从选材到开掘都有新意，从平凡中发现人们心灵深处特别值得思索的东西，使得小说的内涵更耐咀嚼。这正是一个细心而善于沉思的女作家才华的表现。

我还特别欣赏作者那么自如地运用北京口语写景写人，揣摩、描绘人物的心理，纯朴自然，清新可喜。作者很少急切地跳到读者面前来表明自己不能控制的激情，发表种种哲理，而是十分平静却非常亲切地剖析人物的灵魂，但这种纯真的叙述中显然倾注了作者的深情。

德子媳妇自杀前的一系列动作、心理活动，写得那么细腻、真切、自然、冷静，然而她走得越从容、越平静，就越叫人感到揪心！

从这一点来讲，我简直有点儿惊奇，我觉得这不像是一般感情丰富的女作家的手笔，似乎有点儿老舍先生的神韵，但又与老舍那些冷静、辛辣的讽刺笔法有所不同。

不管我是否看透《红尘》，但我确实得到一点启发：只要作家真正在自己生活的根底下开掘下去，既要坚信自己熟悉的东西，又不要过于自信已经开掘的深度，能够从不同的角度向纵深发展，探索自己还没有发现的东西，力求一个新的起点，而且和新时期十年相对比，相对照，相结合，真正展示未来，那么，真正反映十年动乱史诗性的作品必将成批地产生。

看罢《红尘》，我却没有看破红尘，我倒相信，反映十年动乱史诗性的巨作的一个万紫千红、百花齐放的时期已经成熟了。

（此文原系荒煤先生为《红尘》写的评论，发表于1986年10月18日《文艺报》）

红　尘

引子

北京的这条胡同，就建筑而论，并没有多少“京味儿”。要想看北京典型的四合院：高门楼、影壁墙、垂华门、五脊六兽、四梁八柱、磨砖对缝、飞檐滴水、曲径回廊、门簪石鼓……趁早别上这儿来，一律没有。这胡同不长，也不拐弯儿，一眼可以看到头儿。两旁是一式的排房，一样的街门，一样的院子，一样的房子，灰砖、灰瓦，每个院子一溜儿五间北房。房前带个简易的廊子，以砖柱支着廊檐，檐下铺砖，并有砖铺甬路从各个房门通向院里，再通向街门。胡同里却既没铺砖，也没铺沥青，是一条土路，下雨时满地泥泞。每院住两家、三家不等，说是“大杂院”，又不太大，也不太杂。院墙极矮，装两扇木栅栏街门，不常关闭，门闩多被孩子们弄坏了，就敞着。有的门扇不知被谁卸去搭床了，也没人管，不要门就是了。院子两两相对，每一排的东西两院合用一个自来水龙头，街坊之间的接触便十分频繁。再则，每排房的后墙又兼作后一排的前院墙，后窗户实际上冲着人家的院子，谁家有点事儿，前后左右都能知道，保密程度极低。有时候，隔着墙就说上话儿了：“咳，这儿夜班回来正睡觉呢，别吵了咳！”“二婶儿，我这儿正炝锅呢，有葱吗？劳您驾扔过来一棵！”

这儿的街坊大都能和睦相处。原因很简单：他们都是几十年的老街坊，上辈子、上上辈子就住一条胡同，虽是杂姓，却穿插着好多关系，她叫她“三奶奶”，他叫他“二爷”，甚至连小孩还分“姑姑”“侄子”辈儿，也不知是怎么排的。早先，这些住户的职业以经商居多，有“勤行”的，便是开饭馆、卖小吃之类。有“玉器行”的，卖珠宝古玩。有“菜行”的，担挑、摆摊儿卖菜而已。解放以后，有的仍操旧业，有的改了行，但仍沿袭过去的称呼不变，如“爆肚儿陈家”“炸糕刘家”“玉器赵家”“花儿洪家”等等，以此代替了门牌号码。他们原来都住在菜市口附近的一条胡同，挨着闹市，各行各业做生意都方便。后来市政建设征用地皮，旧房拆迁，这些人家集体搬家，连根儿拔到了现在的地盘儿，给他们盖了这片排房。好比一个小社会，整个儿挪了窝儿，社会关系并没变，一切照旧。刚搬进新家，孩子们倒觉得新鲜，各家的房子都一样，不留神就走错了，难免嬉笑一场。后来各家按照各自的习惯和需要，把本来一样的院子变得不一样了。有的在院子里种上几棵草茉莉，开得火红一片。有的在房檐前头种上扁豆、丝瓜、葡萄，绿荫遮住了小半个院子。有的则搭个鸡窝，养几只下蛋的母鸡，虽然街道上有时候声称“城市不准养鸡”，来嚷嚷一阵，嚷过也就罢了。还有悠闲的人，在房前摆了大大小小的鱼缸，养金鱼、神仙鱼，水儿清清，鱼儿摇摇，倒也像神仙过的日子。

60年代中期，胡同里搬进来一家外来户。这“外来户”并非来自上海、南京、两广，而是北京人，从东城搬到南城来而已。因为不是集体搬迁的老街坊，在人们心目中就成了“外来户”。这户人家的到来，理所当然地引起老住户们的注目，平添了很多茶余饭后的谈资，并且由此生出了一段故事。

其实，即使没有外来户搬来，这儿也有故事的，只是彼此都知根知底，陈年老账就觉得平淡了。自此之后，胡同里便有了一些新鲜感。

故事便从这儿开始，时在公元1965年夏秋之交。

一

礼拜天是她出游的日子。

瞧，她出来了，穿着花丝葛紧身旗袍，淡紫色的底子上撒满了浅绿的碎花儿，袖口和旗袍的下摆外边露出细白细白的胳膊腿儿。高高的领口连扣两个纽襻儿，衬得那张粉脸像梨花儿似的。其实，她并没搽粉，天生就这么白，一头青丝天然打着鬈儿，洗得干干净净，再抹上那么一层梳头油，乌亮乌亮的，散发着一股清香。眉毛精心地择过，细细的，长长的，弯弯的，像两道月牙儿。她年已三十五岁，妙龄已过，称不上娇艳了，脸上的肉皮儿也有些松弛，可身条儿保持得好，不像旁人家的媳妇那样，生过几个孩子就早早地发了福，一个赛一个地胖。何况她又十分会打扮自己，不是靠珍珠翡翠往身上堆砌，而是让自己的美恰如其分地得到展示。一件半旧旗袍，胸前缀一朵白兰花，这在上海南京路也许平平无奇，可在北京的这条小胡同里，就足够艳冠群芳了。

她坐在三轮车的座儿上，布篷子遮住了早晨的阳光，一抹淡淡的阴影儿罩住她的上半身，有一种浮云遮月的朦胧意韵。两条细长的白腿，穿着长筒丝袜，月白色尖口儿布鞋，像曲艺演员爱穿的那种样式，一只脚踩在踏板上，另一只脚跷起来，摆成一个优美的“X”形。她不用吩咐，车夫就像识途老马，轻车熟路地拉着她穿过胡同，到她想去的地方去。

车夫是她的丈夫，叫石凤德，人称“德子”。

德子早先不住这条胡同，去年才搬来的。他在三轮联社工作，这工作当然不起眼，解放前叫“臭拉车的”，骆驼祥子一类的角色。现在当然把这个“臭”字去掉了，可也没人叫他“三轮儿司机”。德子四十多了，红脸膛儿，剃光头，头顶和下巴都是尖的，颧骨挺高，整个脑袋像个枣核儿，媳妇说得好听，像“香榧子”。德子大高个儿，胳膊腿儿成年累月让三轮儿给练出来了，一疙瘩一疙瘩的肉，要多瓷实有多瓷实，让太阳晒成了古铜色儿。他嘴笨，卖力气的人，不大会说话，厚嘴唇，眯缝眼，透着憨厚样儿。这么个粗笨男人，竟然娶了个天仙似的媳妇，不是天意的安排，就是命运的偶合。“德子，你他妈的是不是跑到王母娘娘的瑶池偷看仙女洗澡，藏了人家的衣裳，才拐了个媳妇来？”有人这么问他，德子只是咧开厚嘴唇嘿嘿一笑了事，并不回答。那笑容，美滋滋的，说明他确认自己是捡了个大便宜，说是“拐”的也无妨。可他那媳妇并不像拐来的，她对德子甭提多体贴。衣裳给他洗得干干净净，熨得板板正正。他出车回来，饭菜早就预备好了，变着法儿地给他调剂口味，拉车挣的钱，多半花在拉车人的嘴里。夏天，德子吃完晚饭往凉席上一躺，媳妇坐在旁边，手里拿把芭蕉扇，给他轰蚊子。冬天，一只热水袋早把被窝焐热了，他全靠脚力挣钱，可不能冻了脚。德子知足，总觉得欠了媳妇的情分，又不知该怎么报答。

他报答的办法简单而有趣。每逢礼拜天，德子就不出车了，拉着他的媳妇出去玩，逛王府井，逛西单，逛北海、天坛，再远了就去颐和园、香山、十三陵。媳妇坐车，像个贵妇人，他拉车，像个雇来的车夫。

这会儿，两口子收拾停当，三轮儿出了院门，轻快地行驶在胡同里。

胡同里好多人出来看。出门上班的，手里提溜个包儿，一边儿走，一边儿向那车瞄一眼。上街买油饼儿的，手里托个笸箩，站住脚，朝那车瞥一眼。在街门口倒泔水的，端着盆，也往那车瞅一眼，不提防泔水洒在脚面上。这些都是路遇。还有专门等着看的，都是些半大孩子，不知是出于什么心理，一到礼拜天，早早地就到门口等着这辆车。那会儿，北京还没有普及电视，人们也不像现在这么迷球赛之类，大伙儿奔日子奔得乏味，平常谁家打架便是附近居民的一次娱乐，纷纷跑来围观。自从德子两口儿搬来，“德子拉车”便也成了胡同里的一景。

德子不怕看，双手握着车把，两脚悠然自得地蹬着脚蹬子，径直朝前驶去，乐于当街坊们的展览品。他的媳妇也不怕看，那贵妇人的派头儿，绝不因人们的围观而微露羞怯之色。她居高临下，一双微微下垂的眼睛，目光从街坊们的头顶扫过，巡视着这些浑浑噩噩的看客。

在胡同北头住的黑子是美术印刷厂的工人，有一次拿回一张刚印出来的画——克拉姆斯柯依的传世名作《无名女郎》，他奶奶一瞅就说：“哟，这不是德子媳妇吗？”街坊们也都说像。当然，不是哪儿都像，那帽子、衣裳当然不像，高鼻子、深眼窝也不像，年纪也比德子媳妇“少相”，就是那个“劲儿”像。那女郎斜靠在出游的马车上，微微扭过脸来，低垂着眼睑，高傲地俯视着人生……黑子奶奶说：“活脱一个德子媳妇！”无形中，这张画又大大抬高了德子媳妇的身价，为她增添了一种神秘色彩，《无名女郎》使她在胡同里有了名。

德子媳妇并没有因此而变得傲慢起来，红花儿还要绿叶衬，远亲不如近邻，街坊们是得罪不起的。车子一路走，她一路和人们打着招呼：“吃了吗您哪？”

“吃了，吃了，”人们照例这样作答，并再找补上一句，“出去遛遛？”

她答：“出去遛遛。”

三轮儿驶出了胡同，往北奔大街走了，看热闹的人也渐渐走散了。

只有疯顺儿没走。他站在胡同口大伙儿倒垃圾的地方，一手扶着电线杆子，一手伸着食指，抠着嘴，哈喇子顺手流到胳膊肘儿上。他望着远去的德子媳妇，含混不清地说了句："好咳……"瓮声瓮气，像是嘴里衔着个热茄子，舌头不听使唤。疯顺儿是街道主任孙桂贞的儿子，生下来起名叫"风顺儿"，是"一帆风顺"的意思，不承想这小子越长越不顺，三岁才会走路，八岁才会说话，说也说不利落，连裤腰带都不会自个儿系。现在都十六七岁了，挺高的个子，还像个拖鼻涕、流哈喇子的孩子，吃饱了没事就往胡同口一站，愣愣地冲着什么都能看半天，然后感叹一番"好咳……"再蹒跚地挪个地方发愣。人们叫他"疯顺儿"，他妈是街道主任又怎么着？反正谁也听不清"疯"和"风"有什么差别。他妈忌讳这个名儿，就把"风"字免去，叫他"顺儿"。

"顺儿！你还不回来塞？"这是他妈在叫他了。"塞"，就是吃饭。

孙桂贞站在院门口，腆着胖墩墩的肚子，望着这边儿叫。矬老婆高声，她这一嗓子，整个胡同都能听见。

疯顺儿怏怏地往回走，到了家门口，还恋恋不舍地扭头往胡同口又瞅了一眼，那儿，德子的车拐过弯儿去了，瞅不见了。

孙桂贞往家里推推疯顺儿："快塞去吧，还瞅什么？"

住德子前边那排的马三胜正好走过来，就笑着搭上了茬儿："他瞅德子媳妇呢！孙主任，您赶明儿也给疯顺儿找这么个媳妇！"

疯顺儿嘿嘿地一笑，缓慢地转着脖子说："好咳……"

马三胜开心地大笑："您瞅，怎么样？"

孙桂贞瞪了他一眼："姆们顺儿才十七，早着呢，用不着张罗媳妇！"

"这倒是！"马三胜顺着她说。他有这个本事：什么话茬儿都能接上，瞎打哈哈的话还说得挺认真。"孙主任，您家的疯顺儿是贵人语迟，说不定后福无穷，到时候，说媳妇的人挤破门，拣好的挑！这辈子，谁也不知道谁走到哪一步！哎，就说德子吧，这小子论长相没长相，论家产没家产，论工作也没个露脸儿的工作，可媳妇倒挺是样儿，也不知是怎么走了桃花儿运，从哪勾搭来的？”

马三胜是个大工厂的锅炉工，他瞅不起德子这拉车的。孙桂贞笑了：“三胜，你小子说话没正经的，瞅着人家的媳妇眼馋？谁像你？三十多了，从农村诓了个媳妇来都留不住，还让她跑喽！”

“瞧您说的！那是我嫌她土，跟她打离婚啦。您瞅我赶明儿娶个更好的！”马三胜用手胡噜着脸上的胡碴子，讪讪地说。随即又把话题绕回来，“要说诓，没准儿德子这媳妇才是诓来的呢！瞧那娘儿们的做派，官儿太太似的，怎么鬼迷心窍跟了他呢？”“就说呢！德子旧根儿不在咱这儿住家，咱也不知根知底。也许，他媳妇的娘家是个富贵人家，解放后失了势才肯嫁给这个臭拉车的，图他个阶级成分儿？”孙桂贞说。她这话似乎不大合乎街道主任的阶级立场。

“倒也不一定。资本家又不像地主，财产不充公，不至于连姑娘都找不到好主儿，俺们厂的老板今儿还拿定息嘛，姑爷还是个干部哩！我说德子媳妇没准儿是哪个奔台湾去的大官儿的小老婆啊什么的。”马三胜坚持他的推断，尽管说不出什么根据。如果他看过老舍的《骆驼祥子》，也许会联想更丰富、更具体些，干脆就认定德子媳妇就是那个跟拉车的私通的虎妞得啦。

“咳，甭管人家是咋回事了，”孙桂贞说，“我瞅德子媳妇倒是个有心路的人，过去吃香的、喝辣的，年月变了，就嫁给个工人，家里又没拖累，还是享清福。天生的富贵人，就是个富贵命。三胜，你可别满世界去嚼人家的舌头，‘台湾’啊‘官儿太太’啊什么的，这话说不得，留神让德子听见了，跟你翻扯！”

“咳！俺们家住这胡同儿十年了，还怕他？”马三胜一笑，“他翻扯怎么着？我说屈了他，让他自个儿说给咱们老街坊们听听！他搬这儿来也年把了，怎么压根儿没瞧见他丈母娘家有个人毛儿来过？”

“呃？”孙桂贞也犯了寻思，“这娘儿们也三十好几了，怎么也没个孩子？横是都撇下了，跟着德子跑出来的？”

“妈，还塞不塞啦？”疯顺儿在院门里头等得不耐烦了，瓮声瓮气地催他妈。

孙桂贞这才想起了吃饭的茬儿，丢下了马三胜，往院里走，一边儿走，一边儿还琢磨着刚才说的这码事儿。德子媳妇到底是怎么个话儿？身为街道主任，连本胡同的人头儿都摸不清，多少有点儿“失职”的味道。

二

马三胜回家站了站，他妈给他把早饭做好了：昨天的剩米饭，有些馊，拿凉水淘了，切点儿葱花儿炒了炒。马三胜只瞅了一眼，就饱了，鼻子里哼了一声，转脸走出去。

年过三十的汉子，还没混上个媳妇，这其实怪不得马三胜，都是家拖累的。他爸爸早先是个卖菜的，孤零零一人，担着挑子沿街叫卖，人称“菜芽儿马”。菜芽儿马嘴巧，人缘好，左近几条街上的居民都认识他。“菜芽儿马，今儿个有什么菜？”“萝卜青椒脆黄瓜，茄子大葱嫩冬瓜，吃吧你哪！”人们就拣好的挑，菜芽儿马也不用秤，估摸着要个价儿，保证不让买主儿吃亏，当然也不让自个儿赔本儿，他的眼睛比秤还准。如果你手头没零钱，他就爽快地笑笑，允许赊账，久后忘了还，他也不开口讨债，只当是忘了。这样，菜芽儿马辛辛苦苦奔忙了半世，只糊得一张嘴，吃饭之外，还嗜好喝两盅儿酒，当然也就攒不下什么家业。但是好名声却出去了。于是就有一个中年的寡妇，也是菜芽儿马的老主顾，主动跟他搭乎上了，两家合为一家。寡妇还带了个独养儿子，按原来夫家的大排行取名“三胜”，便改姓马，名字照旧。菜芽儿马年过半百，突然时来运转，老婆孩子全有了，还带来了一份家当。三胜他妈料理家务，日子过得有来有去，手头渐渐宽裕，菜芽儿马往酒铺跑得更勤，酒瘾骤增，像要把前半辈子欠的都找补回来似的，天天灌得酩酊大醉，胡言乱语，有时醉卧街头，有时醉打妻儿。有一回，三胜他妈偷偷地给前夫烧纸，让他知道了，一顿拳打脚踢，砸锅摔碗，酒疯撒邪乎了！“菜芽儿马”的名称遂被“酒罐”所代替，一提“酒罐”，街坊便掩鼻而笑，人人不齿。不消几年，马家的日子便被“酒罐”糟得叮当作响，以至每年的布票刚发下来，“酒罐”就一把从老婆手中夺去，撕得粉碎，还扔到炉子里化为灰烬，嘴里愤愤地骂着：“我叫你穿！我叫你穿！”那年月，三胜母子几乎快到了衣不蔽体的地步，他妈思前想后，后悔不迭。三年困难时期，“酒罐”瘦得皮包骨头，一阵风就能吹倒，仍然不惜倾囊买高价的劣质白酒，终于失尽元气，卧病不起，一命呜呼，临终之际，“酒罐”四肢无力地躺在光板凉席上，一双眍瞜眼还直直地望着桌上的空酒瓶儿，渴望再得一醉。三胜他妈不禁心头火起，抬起巴掌，抡圆了，朝“酒罐”脸上打去！那瘦干郎脸颊上留下了煞白的五个指头印，血色全无，登时气绝。人们又怜惜起死鬼来，说三胜他妈心狠、手狠，爷们是让她打死的。殊不知，“酒罐”不倒，三胜母子就休想有条活路。如今，三胜三十出头了，还没成家，好岁数让“酒罐”给耽误了。其实也有过好机会，那年，他到北边儿出差，帮厂里食堂买蘑菇、羊肉，从张家口那边儿带来一个女的，等人家在北京落上了户口，就跟他吹了。那时候“酒罐”还没死，这个家，连口外的乡下人也瞅不上。

…………

马三胜伸手从院里那一堆鱼缸跟前拿了网子、瓶子，想到护城河捞鱼虫去。出了街门，又懒得去了，不知不觉迈腿进了街道主任的院子。

孙桂贞正和疯顺儿吃早饭呢，烙饼、薄脆、焦圈儿。

“三胜，你来个焦圈儿！”孙桂贞说。

“不了，我刚吃过，也是焦圈儿。”马三胜撒了个谎，他要面子。

疯顺儿满嘴粘着焦圈儿的渣儿，眼睛望着马三胜手里的网子、瓶子说：“鱼……鱼……”

马三胜把瓶口倒过来说：“空的。”

孙桂贞笑着说：“没人要你的。哎，你的神仙鱼多少钱一条？”

“钱？”马三胜不以为然地说，“咱不卖钱，我是养着玩儿的！”

孙桂贞不信：“养着玩儿的？那么多！”

马三胜说：“多了就送人，真是对劲儿的朋友，喜欢哪条，拿去！”

孙桂贞半开玩笑地说：“那你给我一条？”

马三胜也半开玩笑地说：“不含糊！可是您送我点儿什么呢？”

孙桂贞说：“我给你一个耳刮子！”

马三胜觍着脸说：“大婶儿，别价！您该送我一个……哎，给我介绍一个对象！”

孙桂贞收拾着碗筷说：“去，去！没这么值钱的鱼！”

马三胜正想走，又回头问了一句：“娟子没在家？”他说的娟子，是疯顺儿的姐姐。

孙桂贞往里屋努努嘴说：“姑奶奶还没起呢，大礼拜天的，让她多睡会儿。”

马三胜往里屋瞅了瞅，床上被子靠墙摞着，根本没人，就笑了笑说：“八成是昨儿晚上没回来吧？住哪儿啦？”

孙桂贞沉下脸说：“瞅什么？没规矩！”

马三胜一边儿往外走，一边儿讪讪地说：“您放心，我马三胜就是打一辈子光棍儿，也不用神仙鱼换您的美人鱼！您这街道干部、革命烈属，姆们高攀不起啊！”

孙桂贞嘴角泛起一丝微笑：“明白就得！”

她转过脸来，骄傲地瞟了一眼正中墙上挂的镜框，那里边，端端正正地镶着一张发黄的证书，印着50年代的繁体字：“光荣烈属”。

三

三胜家前边儿的这院子里清静。东头两间是德子家的，两口子锁上门出去逛去了，中间李家是双职工，都上班走了，就剩下西头的梁奶奶一家人在家了。三个孙女儿，趴在饭桌上、炕桌上各人做各人的作业，梁奶奶的儿子梁思济在里屋的床上裁一块花布。梁奶奶坐在廊子底下，案板搁在板凳上，手握着菜刀在剁肉馅儿，院子里只听见这持续不断的鼓点儿似的响声。梁思济是个大夫，大学毕业之后，和他的一个同班同学结了婚，两人分配在一家医院工作。两年一个孩了，两年一个孩了，台阶儿似的生了三个女儿，等到大的上五年级、二的上三年级、三的上一年级，女的突然有了外遇，死活要离婚，梁思济不强留，就办了离婚手续，随她去吧。家里撇下三个娇女，可使他为了难，上班一天看几十个病人，下了班又得分担老母的家务，既当爹，又当妈，甚至还得学着给女儿做衣裳。梁奶奶心疼儿子，泪往心里流，今儿个是礼拜天，她早早地买了三斤扁豆、一斤牛肉，给全家包顿饺子，这会儿正剁馅儿呢。

梁思济站在里屋床边，对着那块花布发愁，琢磨着怎么合理利用，才能裁成三条裙子。比画了半天，画好了粉线，小心翼翼地剪了下来，一一拼在床上。猛然间，发现出了一个大错：料倒是凑合够了，可老三的这件，梅花儿全是倒着的了，倒梅？倒霉！

梁思济背上渗出了一层汗，衬衫贴在脊梁上，从心里往外冒火。这时候，廊下的鼓点儿正敲得均匀，梁思济一把团了床上的花布，拿起剪子“咔嚓、咔嚓”胡铰了一通，啪地扔下剪子，冲着外头大吼一声：“别剁了！”

三个女儿大吃一惊，老太太吓了一跳，那菜刀剁在了左手指头上，老大的一条口子，血滴滴答答往下掉！

梁思济慌了，赶紧从抽屉里找出红药水、止痛粉和绷带这些医生家里常备的东西，一边儿给梁奶奶包扎，一边儿自己的手在哆嗦，老母的十指连着他的心！

“不碍事，不碍事，”梁奶奶的脸都变了色，惊恐地望着儿子，“你今儿个是怎么了？吼什么？”

梁思济把母亲搀进屋，望着吓傻了的三个女儿，长叹一声：“妈，我……舍不得丢下你们啊！”

梁奶奶听着话音儿不对，愣愣地说：“儿啊，你这是怎么话儿？日子再难，妈领着你们过，有合适的咱再找一个，你可别往绝路上想啊！”

三个女儿都懂事早，听了这话，一齐扑到爸爸身上，哭着说：“爸爸，您可不能死啊！”

梁思济搅着女儿，一个一个抚摩着她们的脸，给她们擦泪，半晌才说：“我哪会死啊？不看着你们长大成人，爸爸舍不得死！可是，爸爸要走了，到很远很远的地方去了！”

梁奶奶眼睛瞪得老大："疯话！你上哪儿去？"

梁思济垂下头说："妈！昨天领导找我谈话了，我们科里要派一个大夫去支援三线，派我去。"

大女儿着急地问："三线在哪儿？"

二女儿紧跟着问："什么时候回来？"

三女儿也追着问："带我们去吗？"

梁思济叹了口气说："好几千里地，西边儿，山里头，远得很，我一个人去，谁都不带！调到那儿工作，永远不回来了！"

梁奶奶心里咯噔一声："你答应了？"

梁思济说："领导上决定了，我还能不答应？支援三线，是光荣的任务，那儿有很多工人，也是从北京调去的，不能没有大夫！"

梁奶奶沉下脸说："这么大的事儿，你也不和家里商量一声儿！你们医院里那么多大夫，别人不能去？干吗非得你去？"

梁思济说："领导对我说：你的业务是全科最好的，一个顶十个用！再说，你又不存在夫妻两地分居的问题！"

"这叫放屁！"梁奶奶气得浑身打战，"你们领导横不是人养活出来的，怎么没个人心眼儿？我找他们讲理去，告到毛主席那儿，姆们也占理！哼，这是看着姆们老的老、小的小，还没死喽，活得太舒坦，再往心里扎一刀！"

梁思济一把抓住老母亲的手："妈，您可不能告！这么一来，您可就把儿毁了！"

梁奶奶被剁伤的手指，霍霍地跳，钻心地疼，血从白绷带里边儿渗出来，殷红的一片，往下滴答！

四

天快黑了，德子两口子才回来。

一进屋，“主仆”身份就倒了个个儿，德子拉了一天车，累了。媳妇说：“上炕躺会儿，该伸伸腿儿了。”德子就脱了鞋，往床上一躺。这儿的人习惯把床说成“炕”，其实，土炕早就被淘汰了。媳妇忙活起来，从碗橱里端出个花边小碗儿，边上扣着一把调羹，递到床边上：“呣，吃了这碗，解解乏！”

德子折身坐起，接过碗。那里头，红枣、莲子、白木耳，熬好了，撒上白糖，早拿凉水镇着，这会儿吃起来，又甜，又凉，又腻乎，德子一勺一勺舀着吃，咂摸着生活的甜蜜。

刚撂下碗，串门儿的来了，马三胜、黑子，还有疯顺儿。

“吃了吗您哪？”马三胜进门就打个招呼。

“姆们在外头吃了。”德子说，连忙穿鞋下地，招呼客人坐。

德子媳妇从里屋走出来，她已经脱去了旗袍，换了一身月白色的睡衣、睡裤，见来了客人，笑盈盈地说：“哟，是你们二位啊？”一抬头瞅见门边儿还站着个疯顺儿，来的都是客，便一视同仁地找补上一句：“噢，三位，坐，都请坐！”

马三胜和黑子早就坐在八仙桌旁边的那两把老式木椅上了，只是疯顺儿没进来，倚在门框上，食指抠着嘴，两眼直直地往里瞅。

德子媳妇嫣然一笑，转身端出一盘五香瓜子，搁在桌子上：“闲着没事儿，嗑点瓜子儿吧！”又瞅了一眼门旁的疯顺儿，便抓了一把递过去，“给你！”她是外来户，明知疯顺儿是傻子，也不便得罪，在这条胡同里，疯顺儿也算是个“干部子弟”哩。

疯顺儿不去伸手接瓜子，却把上衣的口袋撑开："哎……哎……"德子媳妇便把手里的瓜子给他装进去。马三胜不屑地往那边儿瞥了一眼，心想：你把他也当个人！

黑子捏着盘子里的瓜子嗑。马三胜不爱嗑瓜子，伸手从工作服口袋里掏烟。

"哟，您瞧我，忘了拿烟了！"德子媳妇歉意地说着，顺手从桌上搁粮票、油票的盒子后头拿出一盒"前门"烟，抽出三支，递给马三胜和黑子，剩下一支叼在自个儿嘴上。

黑子接过去了。马三胜一看人家的烟比他的强，掏出了一半的烟盒又塞回去了，伸手也接了过来。德子媳妇划着了火柴，给他们点着。马三胜猛吸一口，然后慢慢地从鼻孔中喷着两条烟柱，像是在品评这烟味儿，又像是在品评由德子媳妇亲手点烟的味儿。

德子媳妇把手里那根火柴甩灭了。又划了一根火柴才点着自己的那支烟。

黑子说："大嫂，您这不是成心费一根洋火儿吗？"

德子媳妇吸了一口烟，说："有学问的人都说：三火成灾，一根洋火儿只能点两根儿烟。"

马三胜瞥了黑子一眼："长见识了吧？"

黑子也不臊，嘻嘻地笑着说，"咱井底下的蛤蟆，见过多大天儿？哪儿能比德子嫂见多识广的？"回头又瞥着德子媳妇，"大嫂，您这身儿旗袍儿素净，比那花的更好看！"

德子媳妇叼着烟说："兄弟，这是睡衣。"

马三胜把粘在舌头上的烟末子啐出去，奚落地朝黑子说："你他妈的净露怯，人家睡觉都单有一套衣裳，像你似的？一身工作服滚到黑？"

黑子又嘿嘿地自嘲。

德子媳妇把手里的火柴棍儿甩灭了，转过脸去，对着桌上的小镜子，用那火柴棍上的半截儿炭灰描了描眉梢，左手里的烟却舍不得放下，两个手指头夹着，向上舒卷着一缕线儿香似的青烟。

德子坐在板凳上，皱了皱眉头，朝她说："你把那烟掐了成不成？咱这边儿的妇女没有抽烟的，叫人瞅着不是样儿！"

媳妇这回没听他的，又吸了一口说："戒不了啊！哎，国家开烟厂，抽烟又不犯法，哪儿写着这烟只许男人抽啦？"

德子的厚嘴唇却嘟囔着说："男人也不是个个抽烟……"

马三胜斜眼瞅着他，明知他不会抽烟，却有意说："德子哥，男人不抽烟，就没个汉子味儿……"说着，从桌上烟盒里抽出一支，朝门旁的疯顺儿扔过去："疯顺儿，来一根儿！"

德子像被打了脸，脖根红红的扭过头去。

疯顺儿把手从嘴角抽出来，捡起那支烟，送到鼻子跟前闻了闻，塞到那装满瓜子的口袋里去。

"哟，"德子媳妇笑着说，"你还舍不得抽，给你爸爸带家去？"

马三胜和黑子都乐了。

德子媳妇说："这可别笑话人家，他不傻，还知道孝顺他爸爸呢！"

马三胜说："他哪儿有爸爸？他家挣钱的那位是他叔！"

德子媳妇自觉失口，不好意思地说："他叔？我还当是……"

马三胜笑着说："您可别给人家安错了位儿，孙主任的爷们早就光荣牺牲了，全靠小叔子领家过日子，疯顺儿他们也差不离儿把他当成爸爸了。街坊们倒也没人敢闲言碎语的，这有什么？老嫂比母嘛！哎，大嫂，您可别当着孙主任打听这事儿，留神她跟您翻扯！"

德子媳妇听出马三胜话里有话，便表情肃然地说："我可不待见嚼老婆舌、串是非的，各人的日子各人过，我管人家干吗？”

马三胜依旧是那么嘻嘻地笑着，肚子里还憋着话呢。瞅着墙上贴的那张年画《武松打虎》，借题发挥，扯得不着边际：“大嫂，要都像您这么样儿，世界倒清静了。咳，什么事儿不是坏在街坊的嘴里？就说武二爷吧，要不是卖梨的郓哥儿和那个老不死的何九叔串是非，武二爷也不至于连杀两条人命，闹得一条街不得安宁！”

德子是懂戏的主儿，听到这儿，便搭茬儿了：“三胜，你这叫歪批《水浒》！潘金莲勾搭奸夫害本夫，我看是该杀！”

“你们犯不着替古人担忧，”德子媳妇说，叹了口气，“唉，自古红颜多薄命，潘金莲也过得不容易！”

黑子年轻，二十来岁的毛孩子懂不了那么多的老戏，不知道他们说的是什么，只是想听，听到这儿，插嘴说：“是个女的？”

“可不嘛！”马三胜说，“早先是个财主家的丫鬟，因为和老爷不大清楚，叫太太知道了，一发狠，把她白给了卖烧饼的武大郎。武大郎你总得听说过吧？”

黑子说：“听说过，是个小矮个儿？”

马三胜说：“三块豆腐干儿那么高。又矮、又丑、又没能耐。你说，潘金莲那么个女子，有沉鱼落雁之容、闭月羞花之貌，嫁给这么个窝囊废，能痛快吗？她见了那些个堂堂男子汉，能不动心吗？”

德子媳妇说：“倒也是。”

德子脸上挺不自在：“什么‘倒也是’？你们越说越岔路了！”

“哎，我说的是这个理儿，”马三胜毫不介意，说得正在兴头儿上，收不住，“早先，潘金莲也打过小叔子的主意来着，武二爷假正经，死活不干，她才找的西门庆。咳，错了！要是武二爷认了头，就像孙主任似的这么过不就得啦？什么事儿也没有了！”

说完，大笑。黑子也跟着笑。倚在门旁的疯顺儿也跟着没头没脑地笑，哈喇子垂下了，成了个惊叹号。

德子急了，虎着脸说："伙计，你们要说，上外头说去，我可惹不起人家街道主任！"

"顺儿，该回来塞啦！"是孙桂贞的声音。

"嘛呀？……嘛呀……"疯顺儿挺不耐烦，朝外头嚷嚷。

孙桂贞一路寻了来，进了院子，还在喊，只是语气缓和了："顺儿，吃饭去！"

疯顺儿扒着门框，晃着身子："不，不……还看……"

孙桂贞知道她儿子是在这儿看德子媳妇，心里有气没法儿说，就朝门里说："德子，自打你们搬来，这胡同里添了西洋景啦！"

德子媳妇赶紧迎出来："孙主任，您屋里坐！"

孙桂贞走进屋，马三胜和黑子都不言声了，只剩下里屋的匣子在不知疲倦地播送着《评〈苏共中央公开信〉》的长篇文章。这儿的居民习惯于进屋就打开匣子，而不管里头唱什么、说什么，只是当个点缀，闲话儿照说。这会儿安静了，只听见匣子响，倒仿佛是为街道主任的来临制造政治气氛似的。

"哟，你们这儿是在政治学习哩？"孙桂贞打量着马三胜和黑子。

"那可不，"马三胜说，"姆们德子哥正争取入党呢！"

"瞎扯！这怎么能当笑话儿说？"德子挺尴尬地瞪了马三胜一眼，不知所措地拿起桌上的烟盒，"孙主任，您抽烟！"

孙桂贞说："不会。女人抽烟像什么样儿？"

德子听着扎耳朵，蔫蔫地把烟盒又撂到桌子上，"您坐！"

孙桂贞并不坐，看了看屋里新刷的墙、新糊的顶棚和墙上花花绿绿的年画，启动那两片薄薄的嘴唇说："勤学习点儿好，说话就要来运动哩，说是要‘四清’：清政治、清经济、清组织、清思想。咱这胡同里也不简单哩，也得透透地清一清。要不然，闹起修正主义，咱就得人头落地！”

马三胜吐了吐舌头：“您吓着了我啦！咱这胡同里还藏龙卧虎？嘁，老年成说话：可着北京城，就数南城穷，乾隆爷私访都没到过咱这儿。几十年的老街坊了，谁不知道谁啊？我爸爸就算最穷的了吧？就说爆肚儿陈、花儿洪、玉器赵他们，也只够个小业主，连个资本家都没有，我闭着眼睛都能给您背一遍各家儿的老底儿，也就是德子哥这一家儿是刚搬来的……”

德子一下子脸色变得挺难看，“刚搬来的怎么着？姆们家三代都是无产阶级，打我爷爷那一辈儿就拉车！”

马三胜讪讪地站起来：“德子哥，我没说别的……”

德子媳妇笑吟吟地拦住她男人：“瞧你这倔脾气，咱也叫人家说不出什么来。现如今，咱们工人阶级当家做主，什么运动也是整坏人。孙主任，您说是不是？”

“那可不？”孙桂贞说，“地富反坏右，时里刻里都惦记着变天哩，叫咱吃二遍苦、受二茬罪！老区长说了：如今那‘苏联’‘男子拉妇’就是地富反坏右领导的哩！”她说的“男子拉妇”大概指的是南斯拉夫。

马三胜在厂子里隔长不短地听报告，自然不理会这传达到终点站、走了调儿的“精神”，他巴不得孙桂贞快点儿走，他好接茬儿和德子媳妇说话儿。

德子媳妇倒听得很认真，望着孙桂贞说：“孙主任，这天可别变啊，还是如今世道好！不是有首歌儿这么唱嘛：旧社会，好比是，黑咕隆咚的苦井万丈深。井底下，压着咱们老百姓，妇女在最底层……”她说着说着还唱了起来，眼泪汪汪，像要哭似的。

孙桂贞颇有领导风度地笑了，拍拍她的肩膀说：“他大嫂，你放心，天变不了，变不了！姆们这些个干部是干什么吃的！”说着，转身就要走，推着门旁的疯顺儿，“走啦，吃饭去，吃了饭妈还有工作哩！”

也许是因为孙桂贞刚才做出的“不变天”的庄严许诺使德子媳妇吃了定心丸，她感激地望着最末一级的政权代表，送她出门，还伸手又抓了一把瓜子塞给疯顺儿。疯顺儿受宠若惊地兜着衣裳襟儿，嘿嘿地笑着，跟他妈往外走。孙桂贞见人家这么给脸，眉开眼笑地对疯顺儿说：“瞧嫂子多疼你！”

马三胜和黑子在屋里咯咯地乐。

等德子媳妇折身回来，马三胜没头没脑地问了一句：“大嫂，您跟德子哥哪年结的婚？”

德子今晚晌儿一直气儿不顺，早盼着这俩屁股沉的主儿快走，这会儿又听他瞎打听，虎着脸说：“干吗？查户口？”

德子媳妇比她男人灵得多，接过话茬儿说：“没吃着姆们的喜糖是不是？那会儿还不认得您这位兄弟呢！这么着吧，咱补！”随手从桌上小盒儿里抽出一张一元票，“两位兄弟，嫂子请客啦！”

德子瞅着那张票儿，心里挺不是个滋味儿。他出牛力挣来的钱，媳妇却这么样儿地扔！

黑子伸手去接那张票儿，马三胜一把摁住了他的手：“闹着玩儿的，真这么下三烂？”转脸折身起来，知道自己该走了。临走，对德子媳妇说，“大嫂，在娘儿们里头，我还没见过您这么义气的！往后有什么用得着兄弟的，言语声儿！”

两人走了。马三胜哪是为了吃喜糖？他是出于一种好奇心理，很想知道德子家的过去。厂子里的女工也不少，但多数是穿了工作服的家庭妇女，上班混工资，下班忙着买菜、做饭、奶孩子、骂架，屁嘛不懂。他没接触过德子媳妇这样的女性，她也是个家庭妇女，可怎么那么开通呢？好像是个文化人，懂得那么多的事儿。但又和厂子里的那些女工程师、技术员不同，据说她们回家都是男人侍候，德子媳妇却又那么会体贴男人。猜不透，真是猜不透。要是能娶上这么个媳妇，也不枉为人一世，他想。

五

娟子昨晚上确实没回家，礼拜天又接茬儿在外头玩了一天，这会儿才回来，骑着辆“飞鸽”自行车，进了胡同也不下来，铃铛摁得叮当响，让步行的人给她让道儿。胡同本来就窄，上下班时候往往摩肩接踵，哪儿还有车行道？可是这儿没交通规则，楞小伙子们都舍不得下车，凭着铃铛开路，横冲直撞，从人缝儿里飞穿而过。娟子虽说是个姑娘家，比小子还横。她个子高，身子壮，再加上从小生长在“干部”家庭，造就了一身傲气，见了街坊四邻，就像公主对待臣民，根本不往眼里瞧，爱理不理的。

她正傲然驱车赶路，前头有个手提土簸箕的老太太挡道儿。娟子连摁铃铛，车子却未减速。老太太心里慌张，一时辨不清身后的车子从哪边儿过，左躲右躲都不是，这当口儿，前轮子撞到她腿上，老太太一个大马趴摔倒了，土簸箕甩出去砸得西边的院墙当地一声响。

老太太大骂：“这是哪个没长眼的？赶着回家挨头刀儿去？”

娟子只好捏住闸，下车搀起老太太，正眼一看才知是黑子奶奶：“哟，是您哪？”

黑子奶奶发觉是街道主任的女儿，语气便立时缓和了下来：“娟子姑娘啊？往后骑车得留神，这道儿窄！”

老太太没伤着，站起身来，也不再说什么，拾起土簸箕，蹒跚地走回去了。娟子搀她起来的那会工夫，她瞅见娟子旁边还跟着个男的，也骑着车，她停下，那男的也停下了，急得什么似的。

黑子奶奶是眼瞅着娟子长起来的。她跟黑子同岁，属小龙的，小学、中学都是同学。这丫头从小架子大，爱支使人，黑子没少替她削铅笔、背书包。赶到初中毕业，他们谁也没考上高中，黑子进了美术印刷厂当工人，娟子到北京站当了列车员。在这条胡同里的人眼里，列车员就是个很了不起的职业了，穿着制服，戴着袖标，见天儿价坐火车，上海、广州，专跑大地方。出车回来，香蕉、菠萝一嘟噜一串的。这时候，黑子就更不在她的眼下了，偶然碰上，就跟不认识似的。黑子奶奶琢磨着，人家横是有了对象了。

后来，娟子又不当列车员了，留在站上接车。孙桂贞说，那是领导照顾娟子，嫌出车太辛苦，也有危险，铁路上隔长不短地有“事故”。街坊们倒听说，“事故”不是翻车，是娟子在车上出了事啦，跟坐软卧车厢的一位当官儿的怎么怎么着了，领导上就不再让她出车了。这当然只是“民间传说”，胡同里的居民，谁也没有资格和胆量到车站去调查街道主任的女儿。娟子还是像平常那样傲气，不像做了什么丢人现眼的事儿似的臊眉耷眼，也许压根儿就没有那回事。这不，人家大模大样儿地领着个男的来了，准是她的对象。

娟子一进门，正赶上全家人在吃晚饭，就回头瞅了瞅随她进来的那个男的，向孙桂贞介绍说：“妈，这就是许炳炎。”

孙桂贞连忙笑眯眯地站起来，“噢，炳炎哪？早该来家里玩嘛，外头齁热的，没处待！快，屋里坐吧！”

许炳炎矜持地走进屋，恭敬地望望孙桂贞，叫声："伯母！"再望望饭桌旁坐着的那个胖老头儿，叫声："伯父！"

娟子指着胖老头儿说："这是我叔。"

"噢……"许炳炎尴尬地望着娟子她叔，忙改口说，"叔叔您好！"

娟子她叔倒没有什么尴尬的，俨然一家之主的姿态，笑容可掬地说："客气什么！坐，坐！"

许炳炎坐在饭桌旁。娟子从提包里掏出一串香蕉，把吃了一半饭的疯顺儿支到里屋去了，她怕这个傻兄弟在她男朋友面前现眼。

娟子她叔站起身来，伸出两只胖胖的手，迅速地收拾桌上的碗碟，热情地说："还没吃饭呢不是？哎，往后吃饭就来家吃，家里方便！"一边儿又对孙桂贞说，"哎，你们陪着炳炎先聊聊，我得亮亮手艺，姆们爷儿俩喝几盅！"

娟子他们家是"勤行"世家，早先在菜市口开"和合居"饭馆，她爸爸是名震南城的厨师，光荣牺牲之后，饭馆由老二接管，娟子她叔也是个手艺高强的厨师。公私合营之后，他因为沾了烈士哥哥的光，不算"资方"，成了堂堂正正的工人阶级。胡同搬迁时，他调到这边儿来了，在胡同北口大街上的饭铺里当掌勺的大师傅。下班回来，自然也不让老嫂下厨，都是他一人的手艺，有贵客来临，更是责无旁贷。就这一点说，他一点儿也不像武二爷，倒是像武大郎。潘金莲是从不下厨的。

这边儿，孙桂贞陪着许炳炎说些桌面上的话儿，为了显示她的干部身份，较多地问了许炳炎一些关于政治学习的事儿。"你们铁路上也得搞'四清'吧？我说都得清！"好像她掌管全国的方针大计似的，"你看'男子拉妇'像社会主义国家吗？"好像许炳炎刚出国考察回来似的。没等许炳炎回答，她又自个儿下了断语，"我看不像！"又好像她已经去考察过了。

许炳炎哼哼哈哈地应付着。

“妈，您说的应该是‘南斯拉夫’！”娟子纠正她妈。

“就是‘男子拉妇’啊！姆们街道上见天儿价学习，还不知道？”孙桂贞很自信。

那边儿，娟子她叔“嗞嗞啦啦”地又煎又炒，转眼间端了上来，一盘宫保肉丁儿，一盘焦熘肉片儿，一盘辣子鸡块儿，再加上一盘拍黄瓜，一盘芝麻酱拌粉皮儿，这桌子就摆满了。他又提溜来一瓶“衡水老白干”，摆上两只小酒盅儿，带头“啧儿咂”地喝起来。许炳炎文文静静的，不习惯喝白酒，又不便推辞，每当他举杯，就随着端起来，只用嘴唇轻轻地抿一下。

“炳炎，你今年二十几岁啦？”娟子她叔问。

“三十……呃，二十九。”许炳炎答。

“嗯，大了点儿。大点儿好，大点儿知道疼人，姆们娟子从小娇惯了，你以后得让着她点儿。”娟子她叔喝得高兴，话说得急了点儿，初次见面，不该这么直来直去。

“妈，您看我叔说的什么话？”娟子故作忸怩地拿胳膊肘儿捅捅她妈。

孙桂贞笑笑说：“老当家儿的，可不就是这点儿心事嘛！你都二十四了，还晃荡什么？我瞅着炳炎挺老实的孩子。”

娟子她叔受到鼓励，话就更收不住了，进一步盘问许炳炎：“什么文化程度哇？”

“中专，铁路技校毕业的。”

“那好，比姆们娟子强呢！家里都有什么人哪？”

“呃……没什么人了，父母都去世了，就我一个人。”

“清静，清静！”孙桂贞插嘴说。

娟子她叔眉开眼笑地说：“一个人？赶明儿还不搬过来得啦，倒插门儿，咱这儿房宽敞！”

看来，娟子的这朋友交的时间不长，双方都还不摸底，但说话的口气却已像定下了似的。一家人正在越说越近乎，巴不得今晚上就成就百年之好，没提防“噔噔噔”一串脚步声，闯进来一个人。

孙桂贞抬头一看，是个女的，二十六七岁光景，一脸怒气，呼哧带喘。孙桂贞就问：“你找谁？”

那女的也不答话，径直奔许炳炎冲过去。

许炳炎猛然扭过头来，脸唰地变成了死灰色，手中的酒盅儿哗啦掉在地上，摔成五六瓣儿！

娟子她叔瞪着血红的眼珠：“这……这叫怎么个话儿？”

那女的也不理他，伸手朝许炳炎就是一巴掌！

娟子呼地跳起来：“不许你打人！”

那女的眼珠子像在冒火，冲着娟子说：“我打我的男人，碍着你这个骚货什么事儿了？我……我还敢打你呢！”说着，一个巴掌打过来，娟子一个趔趄，两眼冒火星儿！

许炳炎恨不能磕头求饶，拽住他老婆的手说：“我说，你听我说……”

“啪，啪！”又是两巴掌，那女的可着嗓子嚷嚷：“还说你妈的个×！老婆孩子都扔了，一个礼拜都不着家，钻到这儿闻骚味儿来了，这儿是他妈的窑子？”

里屋的疯顺儿，老半天都没言声儿，此刻大概已经嚼完了那一串香蕉，被这突然而来的刺激弄得兴奋异常，风风火火地蹿出来，跳到院子里，像过节似的大声嚷嚷：“噢！打架喽，打架喽！”

疯顺儿这么一嚷，院子里立时呼呼啦啦进来一大片人。这条胡同的人喜动不喜静，爱看个热闹，寻求点刺激，“看打架”也是一项娱乐，不管谁家打架，听见嚷嚷，便闻风而动，争相观看。疯顺儿则是其中的积极分子，每每充当这种召集人的角色，高呼：“打架喽，打架喽！”而全不管是谁家打架，为何而打架。今儿个，疯顺儿的消息快，嚷得及时，不用动地方，站在自家院子里就完成了召集人的使命，自是美得了不得。孙桂贞脸上挂不住，啪地扇了他一巴掌：“缺德吧你！”这是她头一回舍得打儿子，疯顺儿一边儿哭还一边儿还嘴，骂的什么却听不大明白。

看打架的人们赶到，战场已从屋里拉到屋外，许炳炎的老婆像疯了似的，拿脑袋往她男人肚子上撞，又伸手揪住娟子的头发，使劲地抽她的脸。娟子披头散发，鼻子被打破了，血抹得满脸都是，连白衬衫上都是血点子。许炳炎帮着娟子对付他老婆，三个人扭成一团，打得激烈，骂得花哨，从那些凌乱的只言片语，人们自不难明白其中发生了什么事。此处的居民还有一大特性，只是观战，从不助战，也不劝解，劝开了岂不没戏看了吗！偶然也有一两个娘儿们说两句“别打了，别打了”，也只是象征性地往熊熊大火上洒几滴水珠，不顶用的，那仗反而愈打愈烈。像马三胜、黑子这样五大三粗的汉子，如果冲上前去，拦腰抱住其中任何一位，便可熄了战火。可是他们却懒得这样做，反而缩在女人、孩子们后头，袖手旁观。大约各人都有自己的想法，看着一向傲气冲天的娟子今儿个落到这般下场，隐隐有一种解恨之感。也有一些平时与孙桂贞不大对劲而又慑于其权势不敢正面对抗的妇女，此刻在小声议论：

“这回，现眼现大发了！”

“现吧，叫她现吧！样样都让她们家拔了尖儿啦！”

场子中心的两女一男，打红了眼，苦战不休，孙桂贞在那儿瞎嚷嚷，无济于事。娟子她叔心头火起，从厨房里抓了把明晃晃的菜刀，冲了出来，厉声喝道："老子宰了你们！"

眼瞅着要出人命！

这时候，从大门外头进来一个真劝架的，急急地挤过人群，迎面拦住娟子她叔，"二叔，不能，可不能！"夺过了菜刀，"哐啷！"给扔了。

这个人是谁？是德子媳妇！

德子媳妇劝住了老的，再转身拦少的，忘了自己的身子单薄，就往娟子和许炳炎老婆当中一挡，顿时脊梁上噼里啪啦替娟子挨了好几个义务巴掌。那边儿，许炳炎就势逮住了他老婆厮打，这边儿，德子媳妇救了娟子的驾，搀着她往外走，得找地儿包扎去！

争战双方少了第三者，便显得单调了，许炳炎索性两手抱在胸前，往那儿一站，任凭老婆哭闹。这老婆改换战术，开始争取舆论，冲着大伙儿连哭带唱地说："街坊邻居你们都看看，姆们好好的一个家叫她搅成了什么样儿啦……"

娟子她叔站在厨房门口咋呼："谁认得你是哪儿来的个娘儿们？两口子打架回你们家打去！"

这句话，及时地提醒了孙桂贞，她突然意识到自己的身份，此时不应是事主，而是一级地方政权，霎时间便自我解脱了精神上的困境，恢复了平时调解民事纠纷的那种超然和镇定之态，摊开两手，威严地做出一个逐客的手势说："什么事都有组织管着嘛，找你们的当地居委会、派出所打官司去！"

许炳炎的老婆气昏了头，全然不知是计，伸手抓着她男人的脖领子说："走！我跟你打离婚！"

许炳炎针锋相对："离就离！这可是你先提出来的！"

两口子面红耳赤，扭打着，气昂昂地走了，许炳炎的自行车也丢在了娟子家的院子里。

看热闹的人跟着出了院子，又在胡同里尾随了一阵，就像迎新或是送葬的队伍似的。直至出了胡同，两口子的身影消失在路灯照不到的远处，人们才在那块倒垃圾的地方渐渐地走散，悻悻地，怏怏地，似乎还不大满足。

六

梁思济用药棉花给娟子擦脸上的血，都擦净了，也没找着一个口子。

德子媳妇问："梁大夫，她这是伤着哪儿啦？"

梁思济说："没什么伤，都是鼻血。没事儿啦。"

娟子哭着，还直嚷疼。

梁思济从抽屉里拿出一个小药瓶说："吃点止痛片吧，歇一夜，明天就好了。"

娟子把胳膊扭到脊梁后头，指着后肋条骨说："我这儿还疼着呢！"

梁思济说："那就……我给你按摩按摩吧，你上床！"

娟子趴在梁奶奶的床上，德子媳妇替她撩开衣裳，露出胸罩后边的背带。脊梁上的皮肉，青一块紫一块的。

窗户外边，挤着一些孩子，他们看完了外边的那场热闹，又追到这儿来了。

梁奶奶瞥了一眼趴在床上的娟子那裸露着的后背，说："娟子，你这是跟谁打架，落了这满身的伤？"

娟子气呼呼地说："一个骚娘儿们，没人要的货上这儿来犯疯！瞧她那个德行，哪点儿配得上炳炎？还有脸见我呢！要不是德子嫂拦着，我非得撕了她！"

德子媳妇说："得了，得了，我不拦，你还得吃大亏！"

梁奶奶这才听了个八成明白："哟，敢情……人家家里有媳妇啊？娟子，你这可不对啊，不能拆人家的家啊！"

娟子不以为然地说："我不拆，炳炎也得甩了她！没有爱情还过个什么劲儿？"

梁思济用药棉花擦了擦手，说："按摩的时候，别说话！"

梁奶奶心里装着一肚子的心事，早就不耐烦了，又听娟子的这话满不对胃口，瞥着她裸露着后背大模大样地趴在床上，更觉得硌硬，就扭过脸说："娟子，这各人家有各人家的事儿，你赶明儿上医院捏去成不成？"

梁奶奶这么一说，梁思济就住了手。

娟子翻身坐起来，"哼"了一声就走，心里骂道：老帮菜，怪不得你儿媳妇不在这儿待呢！

梁思济挺不落忍，摊着两手对他妈说："这……这不大好吧？"

梁奶奶砰地一声掩上门，拉着哭腔说："儿啊，着你自个儿的急吧！明儿早晨你怎么跟领导回话儿？"

梁思济不言语了，心里头那团关于"三线"的乱麻还没理出个头绪来。

梁奶奶瞅着儿子，不觉垂下泪来："唉，什么人的病都上心给人家看，都能看好，就是看不了自个儿的病啊！"

德子媳妇把德子撵到外屋，让娟子趴到她的床上，说："我给你捏！这点儿跌打损伤算不了什么，捏捏，揉揉，捶捶，就舒坦了！"

她那尖尖的十指，又轻柔，又灵巧，像两只蜘蛛在娟子脊梁上爬，渐渐地，使娟子忘了疼痛。“德子嫂，您在哪儿学来的这一手？”

德子媳妇说：“浮来浮去的，这点儿本事不值钱！怎么样？好多了吧？你别动，我拿热手巾再给你敷敷！”

娟子挺舒坦地趴在那儿，脸贴在那散发着香味儿的绣花枕头上，说：“大嫂，咱这一个胡同里，我瞅就数您的心好！”

德子媳妇叹了口气说：“女人的心，总是向着女人！我一瞅见旁人挨打就着急，好像打的是我似的。”

娟子说：“得了，您还会挨过打？德子哥对您多好！衔在嘴里怕化喽，捧在手里怕碎喽！”

德子在外屋嘿嘿地笑了两声。

德子媳妇说：“赶明儿嫂子给你介绍一个也这么疼你的！傻妹妹，可别再错打主意了！”

娟子说：“哎，我可不要拉车的！”

德子在外屋气得一跺脚。

七

梁思济终于鼓足了勇气，向医院领导递交了一份报告。报告上说：本人由于老母年迈，小女尚幼，家庭确有无法解决的实际困难，请领导重新考虑支援三线的人选，本人一定加倍努力工作，以报答领导的关怀照顾，云云。

报告递上去以后，立即把他自己玩了个底儿掉：开除公职，回家好好地照顾家庭去吧。罪名不大不小正合式：对抗党中央关于建设三线的战略方针，不服从组织调动，违背革命人道主义，丧失人民医生的职业道德。

梁思济悔恨交加，自惭形秽，站在居委会办公室里，耷拉着脑袋，听凭孙桂贞的训斥。

孙桂贞坐在办公桌后面，似看不看地瞄他一眼，手指甲敲着桌子，那架势一点也不亚于医院的党委书记，“街道上几百号人，吃喝拉撒睡都得管，工作就够我忙的了，你们这种犯错误的人也交街道管，又给我添个累赘！这运动说话就来啦，国庆节眼瞅着就到啦，街道上要加强治安，地富反坏右，还有你们这种犯了错误的人，只许老老实实，不许乱说乱动！咱们这条胡同里，绝对不许出现什么杀人放火啦，拦路强奸啦，溜门撬锁啦……”

梁思济恨不能咬碎自己的牙！唉，三天之前还是个堂堂的大夫，现在变成什么人了？

没有了公职，便没有了工资，梁思济平时积蓄寥寥，一家的经济核算得重新安排了。粮本上的五口人口粮，无论如何得买下来，月初一次买完。一百斤煤球，得想着法儿地撑到月底。烟得戒了，茶呢，连茶叶末儿也嫌贵，买一毛五一两的“茶土”，也就是末儿的末儿。沏上，澄半天，沉下去半碗泥沙样的渣子，水里才泛出点儿茶色。三个女儿的学，还是得上，好歹靠家底再糊弄一阵，等大的初中毕业再让她出去挣钱，新社会，工厂里不招童工。梁思济一时找不到干临时工的地方，完全成了一个男性的“家庭妇女”，在家里倒腾来，倒腾去，洗衣服做饭。见了人，把脑袋一耷拉就过去了，什么话也不说。晚上，等老人、孩子都睡了，他闷上一杯茶土，封上炉子，关上灯，拿本医书，坐在廊子底下，就着院子里的公用路灯看。夜里总有人上厕所，这灯一夜不熄，他就一直看书看到后半夜。他明知道自己不再是个大夫了，这书也用不上了，可实在是丢不下，就靠看书解闷儿。而且，他心里头还有一个长远的打算：医学宝库，他这辈子没用了，下辈子还有用，等女儿长大了，说不定还出个学医的，他不能荒废了，要不，将来辅导孩子都没有本钱。

夜里两点多钟，他才上床睡觉，第二天早晨九点以后，等女儿都吃过早饭上学走了，他才起床，为的是省自己的一份早点。

他在水管子那儿接水漱口，马三胜来了。这小子早晨六点进厂烧上锅炉，八点钟就颠儿家来了，赶十一点钟再去看看火，下午两点钟就下班，这一天就算拿下来了，玩的时间比干活的时间多得多。这会儿，正是头一回往回溜的时候，没事儿似的向梁思济打个招呼：“梁大夫，刚起床？吃了吗您哪？今儿早上，武二爷他们店里的油饼儿，比哪天都炸得好！”他明知梁思济如今舍不得买油饼儿了，还是有意地说，揭别人的短儿，在他是一种享受。

“吃了，吃了。”梁思济嘴里咕嘟着一团白沫，头也不抬地说。

“梁大夫，您说这肚子里吃不下东西是什么毛病？”他又问。哪把壶不开专提哪把壶。

饥肠辘辘的梁思济噗地喷出去漱口的水，转脸就往回走，挺没兴致地说：“三胜，你往后别这么‘大夫’‘大夫’地叫了，我已经不是大夫了。”

“哎，梁大夫！”马三胜追着他说，“秦琼还有卖马的时候呢，您别一落难就英雄气短哪！这艺不压身，您这救死扶伤的本事，可不能扔，人民医生的职责，不能丢啊！哎，就说白求恩吧，人家在外国把老婆也离了，工作也蹬了，不远万里来到中国，不是又当上大夫了吗？”

梁思济简直听得恼火了：“你扯哪儿去了？我能跟白求恩比？”

马三胜笑笑说：“我是说的这么个理儿。哎，梁大夫，我妈这几天吃不下东西，今儿早上说心口里堵得慌，那什么……您能不能劳驾给瞅瞅？”

梁思济这回听到心里去了，就像他过去上班的时候坐在诊室里一样，一听到病人的诉说就把自己的事儿忘了。他就手把漱口盂扔到水龙头旁边，对马三胜说：“走，我去看看！”

两人一走，个把钟头没回来。这当口，该到做午饭的时候了。

梁奶奶出去买菜回来，篮子里空荡荡的，只有几根豇豆。

德子媳妇正在水龙头底下洗韭菜：“梁奶奶，中午吃什么？”

“吃面吧，豇豆汆儿面，省事儿。”梁奶奶说。

德子媳妇往篮子里瞅了一眼，心说：哪儿是省事儿？是省钱！就说：“豇豆汆儿面没个吃头，吃素馅儿饺子得啦，今儿的韭菜好！”

梁奶奶说：“我没买韭菜。”

德子媳妇说：“我这不成心多买了点儿嘛，够您的，嗨，我都洗好了。”

梁奶奶说：“这怎么好……”说着就去捏篮子底里的那点钢镚儿。

德子媳妇连忙按住她的手：“我还能要您的钱？一院里的街坊，跟您自个儿的儿媳妇能差哪儿去？”

梁奶奶一阵难过，心说：差老了去啦，我要有这么个好儿媳妇，儿子也不至于栽这么大的跟头了！想着想着，眼圈儿红红的，泪珠儿说话就要出来，望着德子媳妇说：“他大嫂，我儿子虽说是犯了错误，可他一不偷，二不抢，是……”

德子媳妇攥着她的手说：“街里街坊的，谁心里都知道，没人把梁大夫另眼看。人生在世，谁能没个三灾六难的？您得往开处想！”

说话间，梁思济看完病回来了，马三胜追着他，往他手里塞两盒“恒大”烟：“我说，这不叫送礼，也不算出诊费，是咱哥们儿的一点意思！”

梁思济使劲地往外推："我不是告诉你了吗，我戒烟了！"

"戒烟？您还戒饭呢！你们知识分子就是不实在，老是酸文假醋！拿着，您拿着！"

不早不晚，这时候孙桂贞踱进了院子，站在旁边儿瞅了一阵，冷冷地说："他梁大哥，别忘了你如今可不是大夫了，这……不大合适吧？"

八

运动说来就来了。

"大家都坐好，开会啦，开会啦！"孙桂贞手里拿着个基本上是空白纸的本子，招呼那些懒懒散散来得晚的人快找地方坐。

会场就设在德子他们这院儿。这院儿孩子少，收拾得利落，没那么多碎砖头、破盆烂碗、鸡屎、孩子尿。德子媳妇爱干净，一扫地就把整个院子都扫了，房前的扁豆、丝瓜，爬得半拉院子的荫凉。老街坊们都吃过了晚饭，拿着小板凳儿、小马扎儿，各找各的地方坐下，聊着家长里短。往常开会，一家儿来一个人，今儿个不止，男女老少来了一院子，反正晚晌儿没事儿，下了班的人也来凑凑家庭妇女的份子，听说，今晚上的会还要宣布什么大事儿。

"'四清'，'四清'，不清不知道，一清吓一跳！"孙桂贞把手里的本子合上，两手交叉着拢在肚子那儿，学着上级的样儿做报告，"老区长说了，咱们可别老是觉着风平哩，浪静哩，忘了这阶级还斗着争哩！就说咱这胡同里……"

梁思济垂着头，老老实实地坐在自己门前的房檐下，等着点自己的名。街道上的这种会，过去他当大夫的时候历来是不参加的，现在不同了，他成了连这些家庭妇女也不如的贱民，随时听候训斥。他后悔那天不该去给三胜他妈看病，落了个“地下行医”并且“收礼”的罪名。今天的会也许就是批判他吧？要不为什么在这院儿里开呢？他想。批判就批判吧，只要你孙桂贞提这事儿，我就当着大伙儿的面问问你：那天晚上我给娟子看伤算不算“地下行医”？

他多虑了，孙桂贞今天不是冲着他。

“……要不是‘四清’，谁能知道这个张刘氏——就是黑子他奶奶——是个恶霸地主！”

大伙儿吃了一惊，纷纷探着脑袋在人群里寻找黑子奶奶，想看看那位白天还端着个豁口碗去合作社买黄酱的老太太这会儿变成了怎么样儿的一个青面獠牙的阶级敌人。

黑子奶奶就坐在孙桂贞旁边，刚才孙桂贞特地招呼她往中间坐，她可没想到是为了寒碜她。老太太低着头，两手扶着自个儿的膝盖，一双小脚儿并排摆在那儿，似乎还有些哆嗦。

孙桂贞继续做报告：“……她打从在保定府那阵子，就骑在咱劳动人民头上拉屎撒尿，趁着土改跑到北京来，钻到咱这胡同来捡个城市贫民的成分儿，横是等着老蒋再回来！”

黑子奶奶抬起那白发苍苍的头，昏花的老眼惶恐地望着孙桂贞，张开那缺了门牙的嘴说：“孙主任，您说话可不兴屈嚼，俺打七岁进张家门儿当‘团圆媳妇’，压根儿没进过保定府，在乡下过到二十五……”

孙桂贞说：“这叫废话！地主不在乡下还剥削谁哩？”

黑子奶奶又说：“俺也没过过地主的日子，俺那死鬼早先给地主当过两年管家……”

孙桂贞说：“狗腿子比地主还厉害，喜儿就是让穆仁智给抓走的！老话说什么来着？‘京油子，卫嘴子，保定府的狗腿子’，什么好东西！”

街坊们轰地笑了起来，不是笑黑子奶奶，而是笑那句顺口溜。

黑子躲在扁豆架后头，两手抱着头，眼泪吧嗒吧嗒往下掉。他父母早丧，从小跟奶奶吃窝头咸菜长大，在他的心目中，奶奶就是慈母，就是靠山，就是家，就是美好情感的寄托，没料到奶奶原来是个这么可耻的角色。

马三胜坐在他旁边儿抽烟，安慰他："黑子，别怕，你奶奶是你奶奶，你是你，划清界限不就得啦？"

黑子低着头，哽咽着说："我……我划不清！"

马三胜说："划不清也没事儿。凡是运动，开头都是这么洋鼓洋号地吓唬人，到后尾儿还得讲政策，地主跟狗腿子到底不一样！"

黑子想，这"狗腿子"也不怎么好听，可比起"地主"来总是强点儿，还不知命运的发展能不能满足这个愿望呢！咳，真窝囊，这回算是到孙桂贞的眼儿里了，自个儿连疯顺儿都不如了。想到这儿，黑子嫉恨起疯顺儿来了，狠狠地小声儿说："她姓孙的要是给姆们家定地主，我就瞅空子挤住疯顺儿往死里揍，反正他丫……的也不会学话！"

马三胜笑着说："哎，一个男子汉欺负个傻子算什么本事？有种，你哪天瞅准了，从孙主任炕上把'武二爷'给揪出来送派出所，给他挂个'坏分子'的号，一报还一报，你也算打个一比一！"

"呃……"黑子受了莫大的启发，不哭了，也不言声了，抬眼瞅瞅正大模大样地站在会场当间儿的孙桂贞，又瞅瞅凑在院门口有一搭无一搭地听会的疯顺儿他叔，胸中被一种复仇的怒火所燃烧，酝酿着一件英雄壮举，那简直是真正的武二爷大闹狮子楼！

孙桂贞全然不知螳螂捕蝉黄雀在后，依然在兴致勃勃地发动阶级斗争的攻势："老街坊们听着没有？这地主婆儿还不服软儿哩！她就是想着：要是老蒋回来才好哩，好让她再种十顷、百顷的地，让咱们这些劳动人民都踩到她的脚底下！……"

黑子奶奶的小脚儿又是一哆嗦，她做梦也没想过这双连走路都费劲的小脚儿能踩这么多人。

“咱可不答应！老街坊们，咱们哪家儿没受过旧社会的苦？今儿个把苦水都倒出来，让大伙儿听听！”孙桂贞说，拿眼睛巡视着会场。

街坊们本来都嗡嗡地说话，这么一来倒安静了。历来开会都是听孙主任一个人说，没想到这回让大伙儿发言，就都不知道该说什么了。指着鼻子说黑子奶奶的不是？说什么？她欺行霸市了？为害四邻了？偷鸡摸狗了？贪污盗窃了？杀人放火了？没有。别说这些了，她守寡几十年，连点儿寡妇门前的“是非”都没有过。诉解放前的苦？这跟黑子奶奶有什么关系？日本鬼子是她请来的？混合面儿是她配给的？金圆券是她印的？不是。

谁也不言声儿，孙桂贞只好点名了：“花儿洪家，您说说，旧社会当个花儿匠是多么地不容易！”

街坊们一齐回头瞅着花儿洪。这个干瘦老头儿臊得脸红到脖梗子：“孙主任，我……没什么‘白话’的。您知道，姆们家旧根儿不是花儿匠，是卖西葫芦、老倭瓜的。打从日本人来了，这‘倭’字就不兴说了，我也不敢再卖‘倭瓜’。哎，日本人不是讲究‘花道’吗？我就改行种花儿、卖花儿了，要说日本人倒是真阔气，一买就是十盆、八盆的，有个日本教授还请我吃过牛鱼片呢！……”

“得了，得了！”孙桂贞打断了花儿洪，“你这叫诉的什么苦？别说了。呃……那个……爆肚儿陈家，您说说旧社会卖爆肚儿多么地不容易！当官儿的白吃不给钱，还叫你给送家去是不是？啊？”

爆肚儿陈早死了，孙桂贞指的是他媳妇。这老太太是个双眼瞎，在家待得无聊才来开会的，听到点她的名，抬着一双什么也看不见的眼睛说：“唉！做买卖都是爷们的事儿，我眼不顶用，什么也帮不上，还不就是跟吃跟喝？要不人家就说呢：陈老板心眼儿好，这么个瞎娘儿们也舍不得扔，从乡下带到北京来……”

瞎老太太说得不得要领，孙桂贞只好拦住话茬儿再引导：“哎，陈婶儿，您也是打乡下来的？这眼睛是不是地主给弄瞎的？”

“不是，不是，”瞎老太太瞪着视而不见的眼睛说，“我没等会跑眼就瞎了，都是瞎在我那该死的亲爹手里！”

孙桂贞忙问：“你爹是国民党吗？”

瞎老太太捂着眼睛说：“不是，不是，他穷得给地主扛活儿，能是什么党不党的？唉，那年头，孩子多，拖累忒大了，我妈养了六个女儿，我是老疙瘩，没人待见，趴在炕上哭一天都没人理。那天我爹一进门，瞧见我在炕上又拉了，心里一气，一巴掌把我从炕上扇下来，怎么那么正可好儿，摔到墙根儿的铁抓钩上，两只眼睛就都扎瞎了！”

六十多年没见天日的瞎老太太说到这儿，揉着那双松皮耷拉的眼睛，哭得不成声儿，只是没有泪，也许当年那一家伙把泪腺也扎坏了。

会场气氛严肃起来，孙桂贞好容易取得这么一点儿进展，趁热打铁地说：“听听！这都是旧社会害的啊！不忘阶级苦！牢记血泪仇！”她带头高呼口号，会场上也跟着响起一片喊声。瞎老太太平时人缘儿不错，说起她的不幸，人们不能不动情。

喊了一阵口号，会场里又静下来了。这时候，最好能再有个主儿出来接茬儿诉苦，这会就越开越热火。可是，前边两员将都是孙主任点的名，不点到名没人发言，孙桂贞看着会场渐渐冷下去，着急再找个人。可是今天来的人上岁数的不太多，多数是姑娘媳妇、半大小子，她一时还没想好点谁。片刻的安静，没人说话，只听见低低的啜泣声。

孙桂贞赶紧循着哭声看过去，是德子媳妇在哭。她穿着那身月白色的睡衣、睡裤，坐在自个儿房门口屋檐底下，手里攥块手绢，正在擦眼泪。

孙桂贞发现了新大陆，不失时机地点了她的名：“他德子嫂，你说说吧？”

“我？”德子媳妇收住哭声，抬眼望着孙桂贞，“孙主任，您是说我？”

众人齐刷刷地把目光集中在德子媳妇身上，觉得奇怪。马三胜从扁豆架的缝隙里往那边儿瞟了一眼，心说：孙主任真是乱点鸳鸯谱，你让她说什么？这娘儿们把人间的福都享够了，她有什么苦可诉？赶明儿开故事会你再找她吧，她给你“白话”点儿潘金莲、阎婆惜倒是在行！

这边儿，孙桂贞却挺认真，对德子媳妇说：“你就说说你们家德子在旧社会受的苦吧！那会儿北京没有如今这么多的汽车，有钱人出门坐车，就是洋车啊，三轮儿啊，这拉车的行当，可真是牛马不如，人家吃香的、喝辣的、穿金的、戴银的，大模大样儿地往车上一坐，这拉车的就跟孙子似的，玩儿命地跑，什么世道啊？”

马三胜心里暗笑：什么世道？你说什么世道？德子过去拉车，现在不还是拉车吗？他还拉他老婆呢！你这不是让她自个儿批判自个儿吗？

马三胜想歪了，孙桂贞并没有这个意思，还一个劲儿地撺掇德子媳妇：“你说是不是？”

“那倒是。”德子媳妇说。她也并不认为孙桂贞的话里有什么别的意思，一边儿附和着，一边儿还在擦眼泪。

德子坐在屋里床上听会。这种会，他原不必参加，因为是在他院里开，他也就只得用半拉耳朵旁听。听到孙主任说到他这一行的苦处，又听到自个儿的媳妇为他而伤心流泪，不免动了心，心想：都说臭拉车的上不了纸笔，如今上级体恤咱，媳妇也是知冷知热，心疼自个儿的男人。德子这就知足了，决心一辈子为人民拉车，礼拜天为媳妇拉车！

德子媳妇说得毕竟太简短了，“那倒是”三个字满足不了孙桂贞的需要，便启发她说：“这俗话说：饱汉不知饿汉饥，骑驴的不知步辇的，各家儿的苦处都有一本账，你就给大家伙儿说说，德子在旧社会是怎么受人欺负啦？当官儿的坐车不给钱呀，当兵的还拳打脚踢呀……”

孙桂贞简直要包办代替。德子媳妇说：“那会儿的事儿，我也说不清，我跟他是解放后才结的婚……”

众人觉得失望。马三胜撇了撇嘴，心说：这不结了？她跟德子光享福了，没有苦，你还非让她诉？

孙桂贞的热情也减退了许多，讪讪地说：“我瞅你哭得倒是挺伤心……”

德子媳妇说：“我是叹我自个儿的命苦！”

孙桂贞一愣：“你自个儿？”

德子媳妇拿手绢掩着鼻子说：“孙主任啊，人人都说黄连苦，我比黄连还苦十分！八岁那年，我们家乡遭了大灾，先是旱，后是涝，庄稼一粒都没收上来，地主还堵着门催租讨债……”

众人都愣了。谁也没料到，这个在本胡同里顶洋的女人，竟然也是乡下人出身！马三胜心说：邪了门儿了，今儿个是赶集怎么着？怎么净是农民？真的假的？看着贫下中农这几个字儿光荣，都往脸上贴！别人说说还罢了，德子媳妇简直是瞎掰，她哪儿像农民？知道花生是树上摘的还是地里刨的吗？知道棉花几月里开花儿吗？

德子媳妇接着说：“……我爹被逼得没法儿，一咬牙，把我给卖了，八岁的闺女只换了一升黑豆！”

马三胜点点头。听这语气倒像是乡下人，要是城里人该说换了二斤糖火烧了。

孙桂贞赶紧问："把你卖到哪儿了？"

德子媳妇抽抽噎噎地说："保定府！"

黑子心里一哆嗦。冤家路窄，怎么还是同乡啊？他爷爷是保定府的狗腿子，这又出来个保定府的贫下中农，不妙，眼瞅着要阶级斗争！

孙桂贞又接着问："哪家买主儿，买你去做什么？是当丫鬟，还是当'团圆媳妇'？"

德子媳妇说："他说是老两口儿没孩子，是花钱买个养老的闺女，我爹才放心地把我卖给他了。心想闺女有了享福的地方了，保定府又离得不远，还有见着的时候，久后老两口儿殁了，闺女还能认姓归宗哩！哪知道，我们上了当啦！我到了他家才知道，人家孙男弟女成群，不缺我这个黄毛丫头，那是个人贩子，把我带到保定府，一转手就又卖给别人了！一升黑豆翻成了十几块大洋的利啊！"

德子媳妇说到这儿，仿佛回到了童年时代，五内俱焚，肝肠寸断，眼泪就像断了线的珠子，吧嗒吧嗒往下掉。在座的人，谁也没有过被卖的历史，那些过去做些小本经营的买卖人，心中本来也想起一两件酸楚事，此时像小巫见大巫，觉得自个儿的那点儿苦实在算不得什么，无法与德子媳妇相比。在以诉苦为风尚的那个时代，苦大仇深本身就是一种资本，一种荣誉。于是，四座动容，神情肃然，不由得对德子媳妇刮目相看，且恨自己有眼不识金镶玉，相处年余，尚不知胡同深处埋没着这么一位英雄。孙桂贞在心中暗暗叫好，发觉自己寻着了一棵"四清"运动的好苗子，这德子媳妇人有人才，貌有貌相，伶牙俐齿，苦大仇深，赶明儿应该推荐到街道办事处去，让领导再培养培养，请老区长指点指点，说不定能到区里、市里去做诉苦报告，到时候也少不了她孙桂贞陪同前往，她是她的领导嘛！想到这里，孙桂贞心里飘飘然，脸上愤愤然，挥着胖拳头，高呼口号："不忘阶级苦，牢记血泪仇！打倒旧社会，打倒地主！”

一呼百应，会场上把这口号重复了一遍，小院落里竟像响起了雷鸣。后两句口号所表达的内容，本是在1949年就已实现了的，但此时喊起来，仍有其新意，便是给“人还在，心不死”的角色听的。会场里，人们都是人云亦云，并未过什么脑子，唯黑子奶奶祖孙二人听了如雷击顶，因为此时此地，那“打倒”二字，是落实到黑子奶奶的头上的。老太太又是一哆嗦，心说：我那死鬼可没当过人贩子！黑子心里可没这个底，生怕最后提溜出来那个人贩子果然是他那没见过面儿的爷爷！

万幸的是，人们谁也没有追究人贩子的姓名，孙桂贞往下问，德子媳妇往下说，大伙儿跟着往下听。

孙桂贞问：“那后来又把你卖到哪儿去了呢？”

“天津卫！”德子媳妇说，“给一个资本家的太太当贴身丫鬟……”

孙桂贞又问：“就一直当到解放吗？”

德子媳妇涕泪横流：“哪儿呀！他家的丫鬟没有一个当长的，一年的工夫就快把我折磨死了，又买了新的丫鬟，就把我卖了！”

这车轱辘话一问一答，说相声似的，即使孙桂贞不觉得麻烦，别人也听得有些絮叨了。就听见扁豆架后头马三胜插了一句：“大嫂，这么卖来卖去的，你到底被卖了几次？”

“八次，整整八次啊！”德子媳妇伸出右手的拇指和食指，组成一个“八”字。

人们又一次被震动！鸡鸭也不过经二道贩子的手便被宰杀了，一个人竟然被卖了八次！本胡同的居民叹为观止，伸长了脖子，瞪大了眼睛，互相交换着眼色，以示心中的惊叹，并且庆幸自己的眼福、耳福，参加了这位“英雄”的首次报告会。孙桂贞的激情又翻了几番，她认定自己培养的这棵苗子能放卫星了，到哪儿都能“震”！

“那末末了儿呢？”孙桂贞急切地跳过数次的买卖经过，急于知道故事的结尾。

这也是其他人的心情。在看戏、看电影的时候，常有这种沉不住气的观众，对于繁复的情节早不耐烦，怀着怦怦跳动的心，想立即看见最后到底怎么着了？那颗定时炸弹爆炸了没有？解放军能不能在最后时刻赶到，抓住敌人？

正当德子媳妇动人的叙述吊住了大伙儿的胃口，几十双耳朵急等着听“下回分解”的时候，斜刺里杀出个程咬金。德子在屋里坐不住了，噌地下了床，站到房门口说：“得了，得了，陈芝麻烂谷子的，甭抖搂了！”

德子这么一说，媳妇就不言声儿了，只是拿手绢掩着嘴，抽抽搭搭地哭。

大伙儿好扫兴，一齐朝德子扭过头来。怎么个意思？诉苦都不让诉？平常德子蔫得连个屁都放不响，今儿个倒在众人面前立家规了？咳，你选得多不是时候！

马三胜说：“德子哥，别打岔，让她说嘛，大伙儿等着听呢！诉苦是光荣的事儿，怎么了？”三胜有三胜的想法，他听出了门道，猜想这里头准是“有戏”，德子媳妇保不齐真像潘金莲那样被卖给德子的。

孙桂贞虎着脸说：“德子！你也是劳动人民，不说夫妻情分，也得有点儿‘阶级感情’吧？他大嫂说的这些个苦处，你就不动心？亏得你还是她的爷们！”

德子的厚嘴唇张了几张，没再说出什么来。孙桂贞朝德子媳妇鼓励说：“他大嫂，你接着说！”

德子媳妇只是哭，却不说话。一条手绢已湿漉漉的，泪珠子还在顺脸流，两只肩膀一抽一抽地动。

“大嫂，你末末了又被卖给谁了？”马三胜接茬儿问。

众人都等着她回答。

德子媳妇此时如梦方醒！对于自己的身世，多少人想打听，她一直讳莫如深，守口如瓶，今天是怎么了？为什么说起过去的事了？都怪自己的泪罐子太浅了，听了别人说起旧日的苦，就勾起了自己的伤心事，不由自主地说起来了，哪想到，一开了头儿，想收都收不住了。人家逼着她往下说，可她不能再说了呀！

孙桂贞催促她：“他大嫂，你倒是说呀！”

德子媳妇陷入绝境，进退两难，抬起泪汪汪的两眼，望着孙桂贞，只好谨慎地选择一个笼统的字眼儿，说：“他们后来把我卖到……卖到火坑里去啦！”说罢，哇地一声大哭起来，用湿漉漉的手绢擦着鼻涕眼泪，肩胛和全身都在痛苦地颤抖！

“火坑？什么火坑？”孙桂贞竟然没有听懂这个含义很广又很窄、很抽象又很具体的词儿。

回答她的，只有德子媳妇的恸哭和战栗！

马三胜心里一动，事情比他想象的还要复杂！就试探地问：“八成就是窑……窑子吧？”

回答他的，仍然只有德子媳妇的恸哭和战栗。马三胜的猜测被证实了！

众人的心房为之一颤，整个会场像突然降下霜冻，使人们不寒而栗。“窑子”！这个和旧社会一样遥远的字眼儿，在人们心中唤起的印象是罪恶、恐怖、肉体的买卖、灵魂的腐烂、生命的践踏、人间的地狱！

会场的气氛凝固了。出乎意料的答案，使人们感到难堪，就像不经意地走进别人的内室，突然撞见了人家的隐秘，进也不是，退也不是，只后悔自己不该长了双眼!

然而，这凝固、冰冻的气氛只持续了极短的一刹那，人们的心理便开始了缓和，开始了微妙的变化，至少对马三胜来说是这样。在北京尚存在“窑子”的时代，马三胜还是个孩子，解放那年才十五，因此，他不知道前门外“八大胡同”中那灯红酒绿、纸醉金迷的所在是个什么样儿，只知道那是达官贵人、富豪财东出入的地方，朦朦胧胧地有一种神秘感、艳羡感。他也曾看到那些被人称作“窑姐儿”的女人，妖妖艳艳，袅袅婷婷，实在想象不出她们是怎样生活的。他在舞台上看到的杜十娘、李香君，整天被一些公子哥儿簇拥着，歌舞饮宴，吟诗作对，俨然神仙过的日子，很难相信她们还会有什么痛苦。现在，突然从天上掉下来一个活的杜十娘、李香君，就住在他这条胡同里，后窗户对着他的房门，见天儿价碰头碰脸、打招呼说话，现在，就坐在他身旁不远的地方。一种强烈的好奇心，使马三胜抬起头来，仔仔细细地瞅着德子媳妇。那苗条的身材，雪白的肌肤，修长而柔软的手，鸭蛋形脸庞，乌黑的浓发，弯弯的眉毛，还有与众不同的衣着和气质……一切都有了答案。好像猜了很久的谜语，终于知道了谜底，他感到兴奋和满足。

他又感到不满足。因为在揭开谜底之前，他所看到的德子媳妇是和正常人一样生活的，也在院子里的公共水龙头接水，也在合作社排队买油盐酱醋，也吃炸酱面、浇汆儿面。虽然有些“各色”，却也没怎么显出杜十娘、李香君的本色。马三胜很想知道那些“本色”。

“大嫂，你在窑子里，每天都接客吗？”他突然问道。

人们被吓了一跳，虽然在刚才的一刹那谁都立时想到了这个问题，却谁也没有勇气像他这样当面提出来，而一旦被他提了出来，人们的心就怦怦地跳着，和他一样期待着回答。

“不接客！不接客！我死也不接客！”德子媳妇突然大声吼着，嗓子哑哑的，像是咯着一团血！

众人的心里又是一阵冲动：这是个烈性子的窑姐儿！

“开头都是这么着：宁死不接客，有寻死上吊的，有拿脑袋撞墙的，有喝药的，有把裤腰带系死扣儿的……”孙桂贞神情凄凄地说，似乎她十分了解窑子里的事儿，替德子媳妇做解说，“可没一个硬到头儿的，人家能白花钱买你？白养活你？不听话就打，往死里打！是不是？”

在座的谁也没有亲身体会，因此对孙主任的说法儿难免将信将疑。你搭什么茬儿？听人家自个儿说！

“可不是往死里打嘛！”德子媳妇哭得泪人儿一般，眼睛红红的，像两颗大樱桃，仿佛面前站着她当年不共戴天的仇人——那个毁了她终生的老鸨儿，今天到了跟她算账的时候。“她歹得很哪！杀人不用钢刀，打人不用皮鞭，她把一只猫装到我的裤子里，扎上裤腿儿，拿棍子使劲地打那猫，把猫打得嗷嗷叫，就拼命地抓我！……”

又是一个强刺激，惊得众人身上起鸡皮疙瘩！

有胆儿小的妇女，吓得“妈呀”一声：“那还不把人抓烂喽？”

不知哪个心术不正的浑小子，在角落里阴不阴阳不阳地小声儿说：“这就得问问德子了。”

于是就有一两个哧哧的笑声，渐渐地蔓延开来，会场里有些乱了。

德子忽地从屋里蹿出来，可着嗓子大吼一声：“笑什么？我……我×你们大伙儿的祖宗！”

刚才，他耐着性子缩在屋里，先是拿手堵着耳朵，后来用被子捂着脑袋，终于无法忍受，跳将起来，发作了。可惜，太不讲策略了，怎么好骂大伙儿的祖宗？众怒难犯，好多双眼恶恶地盯着他，像要拼命的样子，连孙桂贞脸上也挂不住了，厉声训斥他说：“你撒什么野？对抗运动是怎么着？”

“咳！”德子从腔子里发出一声痛苦的叹息，两只大手抱着涨得紫红的脑袋，蹲在会场的当间儿，呜呜地大哭起来。他也是个五尺高的汉子哩，此刻窝憋得只想哭！

好端端的一个诉苦会，让德子给搅了。孙桂贞又领着大伙儿喊了几声口号，像斗争德子似的，就宣布散会了。人们不像往常散会那样走得积极，今天像是听戏没听够似的，留恋地坐在板凳上愣了片刻，终于发觉戏确实到此为止了，才不无惋惜地起身掂起板凳，愣愣地走去。

黑子奶奶仍旧坐在那儿不敢动。她是斗争对象，心想，别人走了，她恐怕还不能走，孙主任总还得再数落几句才算完。看看人们走了好多，连孙主任也走了，她才犹犹豫豫地想试着动窝儿。三胜他妈正好从她脸前头经过，就说：“回去吧您哪，来，我搀着您！”黑子奶奶受宠若惊，就势站了起来，颤巍巍地跟着三胜他妈走了。一边儿走，一边儿心里头纳闷儿：今儿这会，倒是算怎么一出？

九

两口子几乎一宿没合眼，开着灯，背对背和衣躺在床上，也不说话，两人赛着地难过。

德子媳妇仍然沉浸在痛苦的回忆之中，那个早已散了的诉苦会，在她心里却永远也散不了。她不敢闭眼，一闭眼就像又重新掉进了那个魔窟，一张张狰狞的脸，一双双色眯眯的眼睛，一只只罪恶的手……在她眼前团团转，吆五喝六地猜拳行令，放荡的笑声，污秽不堪的言语，姐妹们的呻吟和啜泣，在她耳边嗡嗡响。苦井！“黑咕隆咚的苦井万丈深，妇女在最底层……”这歌声说尽了她的苦处，触到了她的心。当她第一次听见这歌声的时候，才知道这个世界上还有把她从苦井中搭救上来的救星。是解放军，是共产党的干部，大踏步走进那像囚笼似的、雕梁画栋的院子，大声宣布她们被解放了，自由了！那也是一个大姑娘呢，不过二十来岁的样子，长得文文静静的，说话的口气却像个执掌乾坤的大官儿，棉军装上束着皮带，还别着盒子枪。“解放了，自由了！”姐妹们只觉得高兴，却不知道这到底是什么意思。“是不是就算……从良了？”她问。穿军装的女干部笑盈盈地露出一口整齐的牙齿，看着她说：“从良？对，从今天起，你们大家都从良了，全中国再也没有这一行了！”“那……我们去干什么呢？”“回家、嫁人、找工作，都随自便！有困难的，政府可以帮助你们！”

后来，她就嫁给了德子。

如果不是听说有阶级敌人想变天，如果不是今天的这场诉苦会，她也许永远不会提起那不堪回首的往昔了，即使在心中偶然忆起，也像做噩梦似的立即惊醒，绝不向任何人提起。1949年，那是她人生道路上的阴阳界，回到阳间的人还会留恋阴曹地府吗？

连她自己都没有想到，她今天竟然当着大伙儿的面讲了自个儿的身世。她是怕！怕天地真的再翻个个儿，怕自己再次掉进苦井，她要呼喊，她要抗争。她觉得孙主任就和当年那个穿军装的女干部一样，为她撑腰，为她保卫解放和自由。但是，她又有些后怕！当她听到会场上的嗤笑声，德子气急败坏的哭声，后悔自己的话说多了，说错了！她现在仔仔细细地回想着自己在诉苦会上的发言，其实也没什么有损于自己的内容。咳，说了就说了吧，不说，人家还把我当资产阶级看哩，论起来，谁也不比我更“无产”了，连身子都不是自个儿的！

德子心里想的和她满拧。妇道人家就是见识短浅，人家给你个棒槌你就认真（针）！天下三百六十行，最提不得的就是你那一行！我瞒都怕瞒不住呢，你还在大会上说！这下好了，让大伙儿看我的笑话，说我是乌龟王八蛋!

一只猫，被打得嗷嗷乱叫，在裤子里乱窜，抓得血乎淋拉！德子打了个寒战，仿佛那猫在撕他的脸，撕他的心！

“你说的——那猫，是真事儿？”他背着脸，冷不丁地问。

“可不真事儿嘛！我腿上至今儿留着疤，你又不是没见过！”媳妇背着脸说。

“见过，见过……”德子喃喃地说。那语气，绝不是心疼，而是硌硬，又问，“那打完了呢？你从了吗？”他尽量把话说得含蓄一些，避免直接使用让自己感到刺激的词儿。

“我宁死不从！宁死不接客！”媳妇回答得斩钉截铁。

“那就好，那就好……”德子讪讪地说，心里像是有一块石头落了地，“你在会上应该说明白，要不然，人家还以为……”

媳妇冷冷地说：“人家还以为我当过千人的老婆、万人的媳妇呢是不是？你说呀，拣狠的说，姑奶奶是打哪儿出来的？还怕听这些？你说呀！”

“嘿嘿……”德子软了，真的软了，他知道媳妇说的是反话，越这样说，他心里就越踏实。他伸手去扳媳妇的肩膀，还像往日一样地温存，“谁也没这么说，我信你的话。”

“你不信又怎么着？”媳妇翻过身来，伸出右手尖尖的食指，狠狠地点着德子的眉心，“男人哪，心比狼还狠！只想着自个儿娶个黄花闺女就可心了，人家的死活都不顾！”

“嘿嘿……”德子只是傻笑。他心里的确是这么想的，当初这个漂亮姑娘倒贴了衣裳首饰嫁给他这个穷光蛋时，他大概知道她的来路，却没敢仔细盘问。那时候，能有个媳妇就求之不得了，还问？后来，左思右想，既然她是从那地方出来的，还不……唉，没法儿问，多年来成了一块心病。没想到，今天有这个机会，他终于得着了实底儿，那块心病没了。他感到欣慰，感到解脱，并且，从心里头涌起一种感激之情。女人家不容易！在那种地方，能保住自个儿的干净身子，像戏词儿里说的“守身如玉”，真是不容易！敢情这是老天的安排，让她在地狱里遭受千般煎熬、万般磨炼，等着我德子呢！德子苦了半辈子，白白捡了这么个如花似玉的老婆，却又不是捡人家的“剩儿”，这也不容易！他觉着自己是天下最幸福的人，比那个独占花魁的卖油郎，比那个得着百宝箱的李甲，比那个手摇桃花扇的侯朝宗，都强得多，他们都是捡的别人的“剩儿”！

媳妇却嘤嘤地哭了，牵心动肺地哭。似乎花魁娘子、杜十娘、李香君也曾经这么哭过。不，她的痛苦比她们还要深，德子对她的“从良”，比古人还要苛刻一层！

屋里的哭泣、对语渐渐停息，一切归于平静，也许两口子又像往日一样偎依着睡去了。后窗底下，马三胜懒懒地从墙根踱开去，心里酸酸的，轻声儿哼着从旧戏里听来的唱词儿：“今古情场，问谁个真心到底？……”

十

一小撮蘸了油的面团，在铺了铁皮的案子上擀了擀，摊成了个巴掌大的饼子，刀片儿拉了三下，一双胖手把它提溜起来，丢到油锅里，“嗞啦！”就膨胀起来，成了张大油饼儿，颜色由白变黄，由黄变褐，接着，下一个……

娟子她叔戴着油腻腻的白帽子扎着白围裙，在炸油饼儿，旁边还有一个售货员，负责卖。他们这个铺子，早晨卖油饼儿、薄脆、焦圈儿、火烧、炸糕、切糕，管这一片儿居民的早点，十点以后才卖正餐。

“二叔，那什么，那什么，我今儿个早班儿，劳您驾先给我拿俩油饼儿！”马三胜向来不排队，往最前头一挤，伸过去捏着一毛二分钱的手。当着面，他不敢叫娟子她叔“武二爷”，亲切地叫他“二叔”。

娟子她叔正把一摞油饼儿用钎子一穿，往柜台上拿，笑着说：“这小子哪天不早班儿？”说着就给他拿油饼儿。

德子媳妇从队伍里站出来说：“三胜，就手给我带仨得了！”

“好嘞！”马三胜马上向娟子她叔伸开五指：“五个！”

马三胜托着五个热油饼儿出来了，“拿着，你的仨！”

德子媳妇把捏在手里的钱往三胜工作服口袋里塞，三胜笑着说：“得了吧你！我还垫不起你这三六一毛八？”

德子媳妇就去接油饼儿，她觉着，马三胜那油乎乎的手指头，在她手背上捻了捻，是有意还是无意？她觉着有点儿硌硬。

排队买油饼儿的人都扭脸瞅着她，平常挺熟的人，这会儿跟不认识了似的。她觉得很多双眼睛在她身上瞄。自从她在诉苦会上诉苦之后，这几天老是遇到这种眼光，不是像过去看她坐德子的车出门的时候那样羡慕，也不像诉苦会开头的时候那样感叹，人们的眼光变冷了，冷得瘆人；人们的个子好像都突然变高了似的，从高处瞅低处那么瞅着她。就连孙主任也不像前几天那么热和了。她还以为诉苦会之后，孙主任会找她谈谈，更把她当自己人了呢，谁知这几天孙主任见了她也没什么话说，打个招呼就过去了，还用手绢擦擦鼻子，就像别人有狐臭味儿似的。其实，她哪知道，孙桂贞也在暗自懊恼：怎么想起来让她诉苦？还一个劲儿刨根问底，问到后来是这么一块料，都没法儿向上级汇报！

德子媳妇听见旁边排队的人在小声议论：

“买个油饼儿也加塞儿？美得她！”

“也没给人家三胜钱，犯贱！”

“什么好东西啊？臭窑姐儿！”

……

“臭窑姐儿”！十几年前的旧词儿，突然又冒出来了，冲着她叫，扎她的耳朵，扎她的心！她的脑袋嗡的一声，像挨了一闷棍，恨不能扔了手里的油饼儿，恨不能一步离开这里！

“今儿的油饼儿炸得好！”德子几口就吃完了俩，擦擦手上的油，要出车走。

德子媳妇说：“你把剩下的那个也吃了吧，我不饿！”

德子拿起桌上的油饼儿就走了，没注意媳妇的神色。

德子一走，她就觉得自己的魂儿也被带走了，身子像是失去了主宰，不知道该想点儿什么，也不知道该干点儿什么，瞅着两间屋子，空荡荡的，像是杳无人迹的深山空谷，静得瘆人。瞅着墙上的年画，张生、莺莺啦，吕布、貂蝉啦，平时笑模笑样儿的，这会儿都仿佛换成了嘲弄的冷眼，一个个盯着她，又好像听见了嘁嘁喳喳的议论声：“臭窑姐儿！”“臭窑姐儿！”

她走到镜子前头，望了望自己茫然的脸，突然看见了十多年前自己的脸，那么年轻，那么娇媚，柔嫩得像花瓣儿，胭红的嘴唇像一颗樱桃。穿戴着不属于自己的珠翠绸缎，造作出违心的笑容，承受着不堪忍受的侮辱，去挣取人间最不干净的钱。那时候，她才是“窑姐儿”，人人都可以这样称呼她，脑满肠肥的嫖客可以以此为爱称、戏称，沿街乞讨的穷人可以以此表达鄙夷和唾弃，她不敢和任何人争辩，因为她确实是“窑姐儿”，连乞丐都不如。她曾经望着街头捡烂菜叶子的小脏丫头发愣，羡慕人家再穷、再苦，也是一个干净的人。她不是，她是“窑姐儿”……

镜子里的脸变了，一瞬间变老了，变丑了。解放已经十六年，她成了三十好儿的妇人了。如果不是解放，她到了这种年龄，也已经“人老珠黄”，失去挣钱的姿色了，或者熬成老鸨儿，自己再去坑害别的姐妹，或者，冻饿街头，沦为乞丐，也不是一个干净的乞丐！命运，给她堵死了这两条仅有的路，却开辟了一条崭新的路，她从良了，成了和大家一样的公民，成了工人阶级石凤德的妻子，成了跟别人肩膀一样高的人。虽然是老了，但活得踏实了，舒心了……

镜子里的脸又变了，变成了一个又老、又丑的“窑姐儿”，松弛的皮肤搽着厚厚的粉，干裂的嘴唇上涂着血红的口红，耳朵上吊着明晃晃的耳坠儿，挤眉弄眼儿地做出令人恶心的微笑。“臭窑姐儿！”“臭窑姐儿！”无数的声音在围着她叫……

一个寒战，她清醒了。那不是她！镜子里的德子媳妇不是好好的吗？和平常一样，没搽粉，没涂口红，没戴耳坠儿，也没有那令人恶心的笑容。她不是窑姐儿，她是德子的媳妇！为什么人们还那样叫她？她身上哪点儿像窑姐儿？

她发愣，自己望着自己发愣，脚踢着了身后的脸盆架，“当”的一声。她突然觉得该洗洗脸，透透地洗洗脸，便拿起毛巾、肥皂，使劲地搓着自己的脸，好像要搓去一层皮。再照照镜子，脸洗得真干净，都搓出血丝儿来了，眉毛上，用火柴炭灰描的那点眉梢儿也洗去了。她瞅着自己哪点儿也不像“窑姐儿”。她又想到该换换衣服，虽然这会儿没穿旗袍，也没穿睡衣，穿的是一件月白色的府绸对襟衬衫，可这件衣裳胸前绣了点儿花儿，该换换。她打开柜子，把衣裳翻了个遍，终于找出了一件藏蓝色的中式大襟儿上衣，穿上它，显得像个老太太了。这样好，跟梁奶奶、三胜他妈没有多少差别了。“一不压众，百不随一”，她想起了这句老话。应该处处和大家一样，那烟也得戒了它，礼拜天也别再坐车逛去了，别让人家说：“臭窑姐儿，美得你！”

“大嫂！”院子里突然有人这么喊了一嗓子。

她冷不丁地被吓了一跳，赶紧捋捋衣裳襟儿往门外走，看看是谁来找她。

马三胜他妈进了院子，打她门前走过来，嘴里叫着“大嫂”，奔梁家去了。原来是找梁奶奶，三胜他妈管梁奶奶叫“大嫂”。

德子媳妇就又退回来。

梁奶奶刚拆了两床被子，正抱着棉花套打算往院子里的绳子上晒，迎面碰上三胜他妈。“马嫂？”她跟她打个招呼，她管她叫马嫂，街坊之间就这么串着地叫，弄不清尊卑长幼，“您肠胃的病好点儿啦？”

三胜他妈帮着她把被套晒上，说：“打那天让梁大夫瞧过之后就轻多了，梁大夫还真是有能耐！”

梁奶奶心里泛起了不愉快的回忆，脸上木然地说：“能耐有什么用啊？这不，因为给您瞧了瞧病，还落下不是了。”

三胜他妈扭头瞅瞅外头，压低了声音说：“真损啊！街里街坊的，她也不留点儿德行！”

梁奶奶说：“要是不缺德，能养活出这么一对儿女？一个傻子，一个养汉精！”

话说到这儿，三胜他妈才想起来正题，转过话头说：“养汉精这不说话就聘出去了吗！我正挨门挨户给她敛份子钱呢。”

梁奶奶说：“聘？往哪儿聘？谁要她那样儿的破货？”

三胜他妈说：“就是那天挨打的那个相好的！鱼找鱼，虾恋虾，王八瞅绿豆——对上眼儿啦，两人都登上记了，孙主任正准备正经八百地聘姑娘呢！”

梁奶奶说：“人家不是……家里有媳妇吗？那天闹得翻江倒海，能容他登记？现如今又不兴娶俩！”

三胜他妈说："家里那个离了！那天顶到火头儿上，女的说要离婚，男的乐得乎呢！两口子拉着扯着就办了手续，家里的孩子也让女的带走了，唉，爷们也真忍心！现如今打离婚，只要是女的先提头儿，这手续就办得快！姆们三胜，你们梁大夫，不都是这么离的吗！"

两个丢了儿媳妇的老太太，顿生同病相怜之感，一人拽着棉花套的一角，相对着，各自发出一声长长的叹息。

梁思济正在屋里做活呢，把一只用旧了的黑色人造手提包拆开来，尝试着给女儿裁成皮鞋面儿。这活儿难度颇高，他边干边琢磨，反正在家待着没事儿干，就试试，做成了，就能省点儿钱。别人的孩子都有皮鞋，女儿眼巴巴地望着人家，又不敢说要，他都看在眼里了，心里难受，才想出这么个"修旧利废"的法子。外边两个老太太说话儿，他都听见了，也不言语。他觉得自己虽然是赔了夫人又折兵，也终不能和马三胜相提并论，他那离了婚的妻子也不能和三胜从前的那个拐来没几天又跑了的媳妇、和声名狼藉的娟子同日而语。他不愿意用恶言恶语咒骂自己的前妻，她总也是受过高等教育的人，是个大夫，他们是由于感情破裂而离婚的，双方自愿，也没像娟子他们家那样动武。何况，他们也有过相亲相爱的过去，她还给他生下了三个女儿，对于女儿的生母，他不忍心伤害她。过去的事了，何必挂在嘴上没完？

外边儿，两个老太太却说个没完，而且话题又进了一步。

梁奶奶说："还给她凑份子？"

三胜他妈说："怎么着也是老街坊了，谁家娶儿媳妇、聘姑娘，大伙儿都凑份子，到她这儿还能免了？甭管怎么说，娟子也算个大姑娘，结婚也是明媒正娶，人家妈又是主任！"

梁奶奶说："那……一家儿给多少钱？"

三胜他妈说："过去都是五毛，这回还是五毛。"

“五毛？”梁奶奶心里掂量着，这五毛钱在过去不算什么，如今儿子没了工作了，五毛钱能顶半个月的煤球哩！

三胜他妈看出了这层意思，就说：“您要是没零钱，我替您出五毛，回头帖子上写上梁大夫的名儿就是了。”说着，就要走。

“马大妈，您等等！”梁思济丢下手里铰了一半的鞋帮子，推门走出来，“我不凑这个份子！”

三胜他妈瞅了瞅梁思济，不由得怜悯起来，顺口说：“啧啧，五毛钱难倒了一个男子汉！”

“我不是穷得拿不出这五毛钱！”梁思济说。他从心里反感任何人对他的怜悯，不相信“哀兵必胜”这个说法，不愿意向任何人诉说自己的苦衷。如果他不听老母的话，不向领导递交那份用自己的困难乞求怜悯的报告，而是忍辱负重地奔赴三线，那么，虽然将加重他的困难，却可以至今保持完整的人格。可惜，一失足成千古恨，他错了！教训有一次就够了，他不想再错第二次，就干脆向三胜他妈说：“我不想巴结她这个主任！”

三胜他妈吃了一惊，神色不安地又往外瞅了一眼，压低声音说：“梁大夫，人在矮檐下，怎敢不低头？你如今不是……刚犯了错误嘛，别这么给自个儿找事儿！我说话不怕你恼：这五毛钱，你就是出了，还不知人家收不收呢！”

梁奶奶心里咯噔一声，惶惶然地望着三胜他妈说：“不能吧？又不是申请补助，给她钱还能不要？官儿不打送礼的！”现在，她巴不得交这五毛钱了，只怕人家不要，转念一想，又问：“哎，黑子奶奶出份子了吗？”

三胜他妈说：“她倒是出了，也是五毛，名儿都写上了嘛！”

梁奶奶似乎找到了政策依据，壮着胆儿说：“她能出，姆们也出，姆们总不能连个地主都不如！”

三胜他妈觉得也是，就做了裁决：“就这么着吧！钱，我给你们垫上啦！”转身就要走。

“不！”梁思济皱着眉头，拦住她，从兜里掏出三张毛票儿、四个五分的钢镚儿，“您拿着！”然后，一扭头进了屋，长叹一声！他心里好不是滋味儿，既然这出份子关系到政治待遇，他只好为五毛钱折腰了！

三胜他妈接过钱，也无可奈何地叹了口气，感到做个人也真难！

三胜他妈刚要出院门，德子媳妇追了上来：“马大妈！”

三胜他妈站住脚，回头打量了她一眼，觉得这媳妇今儿个怎么变了样儿了？穿着件老太太的褂子！

德子媳妇朝她递过去一张一块钱的票子：“马大妈，姆们家也随个份子！”

三胜他妈愣了一下，没接。似乎她压根儿没打算收这一户的份子钱。

德子媳妇以为是找不开，就解释说：“今儿早上，三胜兄弟替我垫了三个油饼儿的钱，您刨去一毛八，剩下的就都算给娟子的份子啦！”

三胜他妈一听这里头还有三胜的钱，心里就不是味儿，瞅了瞅说：“你到底儿出多少？一块，刨去一毛八，还剩八毛二呢，人家可都是五毛！”

德子媳妇说：“那……您等等，我再给您拿张五毛的整票儿！”

“算了吧！”三胜他妈说，“姆们是老街坊，都是早先谁给过谁，就借机会谁再给谁。你们家是后搬来的，又没欠过谁的人情，出不出的不碍事！”说着，就朝门外走。

德子媳妇又追上一步：“我还是随大伙儿吧！”

三胜他妈沉吟着说：“这么着吧，你愿意送多少，就单给她送去，甭掺和姆们老街坊的事儿，成不成？”

德子媳妇想了想说：“那也成。”

娟子正对着镜子试衣裳。许炳炎给她买了一大摞衣裳，她试试这件，试试那件，脸上泛着幸福的红晕，回过头来问她妈：“您说，到那天我穿哪件好？”

孙桂贞笑眯眯地说：“炳炎瞅着哪件好，你就穿哪件！还得叫他雇辆小卧车，载着你兜一圈儿再回来！”

新房就在孙桂贞家，许炳炎果然是当上了倒插门的姑爷。新房里，大概已布置停当，大衣柜、双人床、两头儿沉、五屉柜……那年头必备的东西，都有了。正中墙上，挂着娟子和许炳炎的半身合照，也不知是什么时候就照好了的。许炳炎不在，几个穿铁路制服的小伙子，把柜子、桌子抬过来，搬过去，寻找最佳布局，马三胜在旁边抽“蹭儿”烟。

一个小伙子说：“许师傅的这事儿，倒是办得快当！”

马三胜叼着烟卷儿说：“不快，儿子都该生出来了！”

小伙子笑笑说：“你的嘴太损了点儿！”

马三胜拍着胸脯说：“嘴损，可心不损！我这儿有一颗金子般的心哪！”

这后半句话让那边儿的娟子听见了，探过去脑袋说：“你的金子留着娶媳妇当聘礼吧！”

马三胜扔了烟头儿，突然想起了什么事：“等等，我还单给你准备了样贺礼！”

马三胜刚走，德子媳妇就来了。

“孙主任，我刚听说娟子妹妹结婚的信儿，也来不及给准备点儿什么礼物……”德子媳妇说着，拿出手里的一对绣花枕套。

娟子连忙接过去看，喜欢得什么似的。

孙桂贞说：“哟，还让你破费啦！”

德子媳妇解释说：“这也不是现买的，搁了好儿年了，倒是一回都没用过。现在买不着这样儿的了……”

又有左邻右舍来了，孙桂贞没等她说完就去应酬别人。德子媳妇瞅见窗户玻璃上还蒙着一层土，就端了盆水，淘把手巾去擦。出去换水的工夫，顶头碰上进门的马三胜，一盆脏水差点儿搁到他身上。德子媳妇不好意思地说：“瞧我，慌里慌张的，溅你身上没？”

马三胜开始是一惊，马上就嬉皮笑脸地瞅着德子媳妇说：“没事儿，没事儿，小娘子别闪了手！”

德子媳妇听得出这是西门庆初见潘金莲时说的词儿，脸一红，正色说：“三胜，你这是说的什么话？”

马三胜说：“别人不懂，你还不懂？”

德子媳妇被他干噎了。那是点她呢，点她的来路不正！她突然想起早晨买油饼儿的时候马三胜在她手背上捻的那一下，这会儿也明白了，这是捏小软儿、欺负人呢！要是在过去，三胜他敢？现在就敢了。为什么？还不是因为那天晚上的“诉苦”……德子媳妇的心突然一沉：这回，哑巴吃黄连，有苦也没法儿诉了。她怒得脑袋发涨，把脏水朝南墙根狠狠地泼出去！

马三胜手里拿着一副大红对联，抹了糨糊就往新房门口贴，上面写的是：“有情人终成眷属，结良缘双喜临门。”这对联没什么新鲜，全是老词儿，对得也不工整，却是马三胜费尽了心思请他们厂看门的老头儿帮他编的，那老头儿有点歪才。这两句话，表面上没有一丝破绽，实际上却把娟子搅了人家的家庭而和许炳炎结婚、并且眼瞅着就要生孩子这“双喜”的意思全概括进去了。这儿的人没什么文化，不解其意，只说“这红对子一贴倒是鲜活”，那几个帮着归置家具的小伙子有看出门道来的，就朝马三胜丢个眼色，说：“真够奸的！”马三胜只是笑笑。

屋里有几个妇女在看娟子的嫁妆，看到那一对枕套，都说好，还问哪儿买的，赶明儿姆们也买这么一对。娟子说是德子嫂送的，早买的了。

看的人就不再说好了。

“哟，拿旧的送人？新人结婚可不能用旧东西！”一个说。

“说不定她还枕过了呢！窑姐儿枕过的枕头，你不嫌硌硬？”又一个说。

娟子的语气也变了：“哟，这我可没想到……”

“得亏我给你提个醒儿，要不然，枕这枕头准是妨孩子，十个窑姐儿九个不能生养！”一个说。

“瞅着也恶心啊！你想，她的枕头，什么人没枕过？”又一个说。

娟子说：“那怎么办？人家好意送来的……”

“咳，这人也忒没个眼力见儿，”这回是三胜他妈在说话，“找敛份子钱都没收她的，她还真自个儿送来了！”

孙桂贞正忙别的事儿，听见她们议论，就说：“刚才，我不能不给她个面子，就收下了，可心里有数，没打算让娟子用。搁着吧，赶明儿娟子的同事谁结婚，送人得了呗！”

德子媳妇倒完脏水，提溜着空盆进来，这些话她全听见了，像是有一盆凉水浇在了自个儿的头上，透心儿地凉。她想进去朝她们骂一通，没法儿骂，想悄没声儿地退出去，却又让她们看见了。

众人见她站在门口，就都闭了嘴，脸上挺不自然的，刚才那些话原没打算让她听见的。

德子媳妇觉得那一双双眼睛都像利箭一样在穿她的心，自个儿像犯了万剐凌迟的罪犯似的在示众。愣了片刻，也不知那双腿是从哪儿来的力气，竟然朝着里面走进去，伸手扯过娟子手里的那对绣花枕套，转身像逃犯似的跑出去了。

众人没料到她会这么做，倒愣了。

愣了片刻，三胜他妈带头打破了沉默："哼，一个臭窑姐儿，还使什么性儿！"

"就是，就是！"大伙儿一片声地附和，怕败了娟子的好兴致，又接着抖搂别的嫁妆了。

十一

转眼又是一年秋。

如果说，人们在1965年感到空气中有点儿异样，那么，到了1966年，才知道那点儿异样只不过是风雨雷电到来之前的一点儿小小的前奏，算不了什么了。胡同里的居民们，虽然谁都没能脱离那场"触及灵魂"的大动荡，却没有一个人能对此做出权威性的解释，连街道主任孙桂贞也感到茫然。不知道从哪儿来的一群袖子上戴着红箍儿的"天兵天将"，洪水般地冲进胡同，直奔她家而来，直眉瞪眼地对她说："要革命的跟我们走，不革命的滚他妈的蛋！"

孙桂贞吓得哆嗦，指着墙上的镜框说："姆们……要革命，姆们娟子她爸就是为革命牺牲的！"

这一句就行了，她没事儿了，被承认为"革命的街道主任"，让她带路，去"荡涤一切污泥浊水，横扫一切牛鬼蛇神"。胡同里好热闹！爆肚儿陈家、花儿洪家、玉器赵家……通通从小业主升级为资本家，受到抄家的待遇。黑子奶奶呢？去年的“狗腿子”之说本已不了了之，如今则又成了“地主婆”无疑，遣返原籍，监督劳动。红卫兵说：这胡同里“庙小妖风大，池浅王八多”！

黑子奶奶卷铺盖走人。她那保定老家，已经离开了几十年，既没了房子，又没了亲人，可怎么过？黑子要跟奶奶回乡下，他奶奶哭得要断肠：“孩啊，不能！奶奶是七老八十了，哪儿的黄土不埋人？走就走吧！你可不能错打了主意，自个儿好好地过吧，老天要是可怜你，好歹让你寻上个媳妇，有个后辈，奶奶就是死了也闭眼了！”

临走之前，三胜他妈赶来送行，给她煮了十个鸡蛋、买了二两好茶叶，攥着黑子奶奶的手，哭得抽抽噎噎，实在不忍生离死别。

黑子奶奶说：“马嫂，您是好成分儿，别让我给连累喽！”

三胜他妈说：“王法是王法，人情是人情。老年成在菜市口砍人头，还得让收尸呢！”

花儿洪家、爆肚儿陈家、玉器赵家也来洒泪话别。这些被抄家的主儿，是偷偷地来的，没敢让孙主任瞅见。

末末了儿，孙桂贞也来了。打狗还得给它留条跑的路，也不想把事儿做得太绝，也对黑子奶奶说了几句大面儿上亮得过去的话：“唉！这是上边儿的政策，姆们街道上就是想留你，也不敢留！张刘氏，你到乡下好好改造，甭惦记小黑子，姆们大家伙儿谁还能跟个孩子过不去？唉，走吧！”

黑子奶奶一步一回头，抹着泪，告别了这条留着她几十年酸甜苦辣的记忆的胡同，奔永定门搭车走了。

孙桂贞回到自个儿的家，娟子她叔正抱着娟子的小孩在犯愣。娟子两口子“停产闹革命”去了，这孩子整个儿交给了孙桂贞。孙桂贞也得忙革命，孩子就归“姥爷”管，自从“革命”一起来，饭馆里上班也没个准钟点儿了，娟子她叔在家的时候多。

“该做饭了，你还愣着干什么？”孙桂贞一进门就支使老头儿。

娟子她叔不像往常那样脆脆地答应一声就去耍手艺，坐在那儿没动窝儿，忧心忡忡地望着她说：“哎，你看这……革命会不会革到咱们头上来？”

孙桂贞斜着瞅了他一眼：“哼，你呀，一辈子窝囊废！怕什么？谁瞅见咱们俩睡一炕啦？革命又不革这些事儿！”

娟子她叔嘬着牙花子说：“啧啧，你扯哪儿去了？我说的是那件事儿……”说着，往墙上的“光荣烈属”镜框瞄了一眼。

孙桂贞心里咯噔一声。这，触动了埋藏在她心中十七年的一个巨大的秘密！

…………

1948年12月，北平城被百万解放军重重包围，城里的居民已经清晰地听得见隆隆的炮声和啪啪的枪响。一个风雪交加的夜晚，孙桂贞的家门被凿得咚咚响，她以为是土匪来抢劫了，吓得缩在炕上不敢动，怀里搂着八岁的娟子和刚添下来的疯顺儿，抖成一团。她男人从柜里捧出一摞银圆，壮着胆子去开门，忽地闯进来三四个荷枪实弹的大兵，进了门，既不搜，也不抢，一把抓住她男人，五花大绑地带走了……

一个月之后，北平和平解放，成了人民的天下。共产党从头收拾旧山河，开始了百废俱兴的艰巨事业……

街道上，来了人民政府的干部，抚慰百姓，收容难民，户籍登记，等等，忙得不可开交。这条胡同的居民，有出去做生意的，有给傅作义修工事的，都回来了，安居乐业，唯独孙桂贞的男人——“和合居”饭馆掌柜的没影儿了。后来才听说，他那天被国民党抓走就给枪毙了！没多久，孙桂贞就拿来一张“光荣烈属”的证书，悬挂在家里，烈士的遗孀、遗孤得到了很好的安排，孙桂贞在街道上跑里跑外，参加了革命工作，后来正式被任命为街道主任。“和合居”饭馆由她的小叔子接手经营，因为是烈士亲属，成分也没定什么小业主、资本家，定成了城市贫民，公私合营之后，便是工人阶级了。

风平浪静地过了十七年，娟子她叔重提往事，却使孙桂贞的心怦怦地跳个不止，其惊慌的程度丝毫不亚于男人被抓走的那个夜晚。

她男人其实没死。“在押”期间，孙桂贞和小叔子去见过他一次。男人说：“你们甭担心，我没做什么犯法的事儿，是因为军长吃惯了咱们馆子的菜，就把我接来了，怕往后吃不着喽。”

孙桂贞说：“那什么时候放你回家？”

“回家？”男人垂下头说，“恐怕是回不去了。北平说话就保不住了，他们肯定要跑，横竖要把我带走。”

“走？往哪儿走？”

“南京，上海，最末不成就是台湾了。”

“台湾？”孙桂贞绝望了，“这辈子还能回家吗？你不能扔下姆们娘儿仨不管哪！”

男人也垂下了泪，呜咽着说：“这不是咱能做主的事儿，不跟着走，他们还不枪崩了我？”

孙桂贞扑在地下，号啕大哭，小叔子抱着哥哥的肩头，也难分难舍。

哭了一阵，她男人抹抹泪，对兄弟说：“老二，念咱们是一个娘肠子里爬出来的哥儿兄弟，你往后得帮你嫂子一把，领着娟子、风顺儿过吧，把他们拉扯成人！”

他果然走了。

老二牢记大哥的嘱托，承担起了家中的一切，顺便把嫂子也“接管”了。这是小节，不足挂齿，可是，令人心神不宁的是，“和合居”掌柜的并不是“烈士”，他活着呢，跟着国民党跑到台湾去了，那张“光荣烈属”是孙桂贞浑水摸鱼、耍手腕儿蒙来的！

如今，“文化大革命”正开展得激烈无比，连革命几十年的老区长都被揪出来了，说是“假党员”，还不断听说这儿揪出了国民党特务，那儿挖出了地下电台，红卫兵格斗勿论、格打勿论，皮鞭下丧生的不计其数！如果这件事露了馅儿，该当何罪？孙桂贞和娟子她叔被捉去戴高帽子游街或是打个皮开肉绽都跟玩儿似的，更甭说“烈属”身份、“市贫”成分儿、“街道主任”的职务了，没准儿连命都得搭到里头，这一家子就要全玩儿完！相比之下，那些被抄家的、遣返的都只算“小菜儿”了。去年的“四清”，清这个，清那个，虽然没把这事儿清出来，娟子她叔却也难免肝儿颤，这一回，许是混不过去了。

孙桂贞毕竟是个能成大事的女人，她心慌了一阵，又镇定了：“不碍事，运动归咱领导，整不到咱头上来！”

娟子她叔说：“就怕什么地方漏了风儿……”

孙桂贞说：“只要你不说，我不说，就没人知道。当初给咱们发证儿的那小子，‘三反’‘五反”的时候就给整下去了，这无头案子上哪儿查去？”

娟子她叔就不再说什么，既然已经上了这条船，就和嫂子同舟共济吧，走一步说一步，反正是一条绳上拴俩蚂蚱，谁也跑不了。一回头，瞅见疯顺儿站在旁边呢，心里一沉，小声问疯顺儿说：“顺儿，刚才我和你妈商量的事儿，你听见了吗？”

疯顺儿茫然地傻笑着：“嘿嘿……”

孙桂贞过去搂着疯顺儿的肩膀，嘱咐说：“顺儿，记住：对外边儿的人，可不能说实话儿。谁要是问你咱们家的事儿，你听见的也说没听见，看见的也说没看见，知道的也说不知道。听见没有？最当紧的就是别说实话儿！”

疯顺儿只是傻笑，一点儿也听不懂这些绕脖子的话。他活了十七八年，压根儿不知道什么叫实话，什么叫瞎话。

孙桂贞叹了口气，心说：傻儿子也有傻儿子的好处！

疯顺儿他叔心里总觉得不那么踏实。家里没人的时候，他还自个儿偷偷地试着弯腰、坐“喷气式”，以防有朝一日被揪了出来，他这么胖，怕不能适应，得先练练。

孙桂贞还像往常一样昂首挺胸，领着一帮家庭妇女跳忠字舞，唱语录歌，早请示，晚汇报，煞有介事，毫不含糊。喊“永远健康”的时候，嗓门儿震得窗户纸哗啦啦地响。

胡同里，最憋气的是黑子。他成了“狗崽子”“黑五类”，在人前抬不起头来，上班蔫蔫地干活儿，下班往屋里一扎，谁家的门儿也不串了。

马三胜没有忘记他这个朋友，找他来了，给他送来了一条“红造总”的袖章。那年头，这玩意儿比金子还贵重。

黑子受宠若惊，“我这出身，能戴吗？”

马三胜一拍胸脯，“有咱哥们儿顶着呢！‘红造总’是全市工人的造反组织，跨行业、跨系统、跨厂子，只要你对你奶奶反戈一击，就是革命的了！”

黑子顿时身价陡涨，腰杆儿挺起来了。反戈一击？他心里说：我是要反戈一击，人若犯我，我必犯人！

一股复仇的怒火在他胸中燃烧，他要让小胡同里的这些居民意识到他黑子的存在，他要和造成他一家人悲剧的仇人拼命！他想起那天在扁豆架底下马三胜对他说的话，对！把“武二爷”揪出来，杀孙桂贞一个回马枪！

黑子运足了气，攥紧拳头，直奔孙桂贞家而去。

孙家堂屋里明晃晃的，站了一屋子的人，有的站不下，挤在门外边儿。这是家庭妇女们集中在这儿做“晚汇报”呢！黑子走到院子里，发觉来得不是时候。抬头看到屋里迎面墙上那个“光荣烈属”的镜框，又不觉一愣，对自己的“革命行动”产生了怀疑：这合适吗？万一扳不倒人家，怎么办？想到这里，他停住了脚步，进，勇气不足；退，又不解气。

站在门边儿的德子媳妇首先瞅见了他，就打了个招呼：“黑子，你找谁？”

黑子的心里噌地升起一股无名火，哼，听那口气，好像我都不配上这儿来似的！谁都可以欺负我？突然间，他的脑际闪过了去年秋天那个难忘的夜晚，他的奶奶被当众批判，而这个娘儿们还大诉其苦，火上浇油！如今，奶奶终于被赶走了，而她却是变了味儿啦，她算……算什么东西？对，奶奶的倒霉直接和她有关，她就是不共戴天的仇敌！哼，别人我惹不起，还惹不起你吗？

“找谁？我找的就是你！”黑子气昂昂地冲着德子媳妇大吼一声。

一屋子的人都愕然地回过头来。

德子媳妇不知就里，胆怯地问：“黑子兄弟，找我有什么事儿？”

黑子也不答话，忽地伸出手去，一把抓住她的头发，就往下摁，愤愤地说：“我们‘红造总’把你揪出来示众！你这个臭窑姐儿！寄生虫！糖衣炮弹！美女蛇！浑身都是资产阶级的臭味儿！你还……”黑子一口气给她戴了好几顶帽子还觉得不解气，正想接着说“你还害得我奶奶……”一想这事儿最好别提，话到舌尖儿又改了口，“……还钻到革命队伍里来腐蚀工人阶级，拉德子下水！”

众人目瞪口呆，实在没料到胡同里还剩下个这么厉害的阶级敌人没揪出来，经黑子一点破，恍然大悟：唔，是这么个理儿，早就觉着跟她一块儿开会怪硌硬的，是该把她择出去！可又一想，这黑子不也是黑……

孙桂贞眼尖，瞅见了黑子左胳膊上的红箍儿，心里有了底儿，立即表态，大呼口号：“支持黑子的革命行动！”

不同目的的造反者合流了，黑子在前，孙桂贞随后，一群人追着看热闹，簇拥着德子媳妇出了院门，沿着胡同朝南走去。这一次游斗，比以往对任何一家的“革命行动”都更能给人们增添趣味，期望着最好立即开个公审大会，让她把上回“诉苦”没说周全的详情细节再透透地说一遍，那才有滋有味呢！

梁思济从胡同南头往北走。他新近在铸造厂找了个临时工差事，推小车运沙子，每天挣一块六毛七分钱，这会儿歇了工，正往家走，迎面碰上这浩浩荡荡的队伍。

“这……这……”梁思济忘了自己是唱哪一角儿的，竟然上前拦住说，“黑子，这是干什么？”

黑子瞪着眼说：“姆们斗臭窑姐儿，碍着你什么事儿？”

“斗她？”梁思济为这种莫名其妙的行动感到悲哀，“斗她干什么？她又不是走资派！唉，一个妓……妓女，在旧社会是被侮辱、被损害的人，也是咱们的阶级姐妹……”

孙桂贞拦住他的话说：“放屁！谁跟她是姐妹儿？”

黑子冷笑着说：“姓梁的，你可是没事儿找事儿，想给这个臭窑姐儿当保皇派是怎么着？是不是趁德子不在家的时候得着她的什么好处，同流合污了？嗯？”

梁思济愤愤然：“这……简直是无稽之谈嘛！”

黑子顺手把他甩到一边儿去：“别他妈臭贱了你！留神把你跟她一块儿斗！”

孙桂贞指着他的鼻子说：“你自个儿是什么东西？好人还能让公家开除喽？”

梁思济一个激灵，顿时想起了自己的身份！

满街筒子闹嚷嚷的时候，马三胜却没事儿似的，叼着烟卷儿往北走，在胡同的北头，他迎上了出车回来的德子，笑呵呵地打个招呼：“德子哥，刚下班儿？走，那边儿铺子里正卖羊头肉呢，咱哥儿俩喝两盅去！”

十二

金乌西坠，玉兔东升，小胡同笼罩在朦胧的砖灰色调之中。这儿不可能像王府井、前门大街那样用不计其数的红漆刷成红海洋，也不可能像北大、清华那样沸腾着大字报、大辩论的热潮，疯狂的年代也有冷清的角落。各行各业的人们在一天紧张的劳作之后，带着仆仆风尘回到栖身之所，还有一番必不可少的奔忙，冷清的角落也并不沉寂。公用水管子那儿，好多人在轮番儿接水，洗菜、淘米、洗衣裳、涮墩布。和户籍同等数量的煤球炉子在冒烟，炝锅的声音，炸鱼的声音，剁骨头的声音，汇成一片嘈杂的天然交响乐。人们不习惯默默地完成这些事，还要左邻右舍互相招呼着，议论着，交换着各自听到的、见到的新闻。各家的匣子也都不闲着，这边儿在唱《红灯记》，那边儿在唱《沙家浜》，跟唱对台戏似的，一直要持续到九、十点钟。甚至到后半夜，也还有些精力过剩的小伙子，聚集在路灯底下打扑克，打得高兴，没准儿来一嗓子：“鸠山设宴和我交朋友……”孙桂贞照例睡得很晚，年岁大了，她对“武二爷”已不大热心，更多的是惦记着阶级斗争，常常在夜间还出来转转，免得有什么“新动向”从眼皮子底下错过。

吃过晚饭之后，马三胜家里是一个聚会场所，不是正规的会议，也不是他邀请人们来做客，而是由他的地位所决定，吸引了那些怕耳朵闲着的人来听他高谈阔论。马三胜当了“工宣队”，作为工人阶级的一员，光荣地登上了上层建筑，他去的地方，是堂堂的美术学院。

“咳，进了美院，咱才算真正见识了花花世界！”他左脚踩着凳子撑儿，膝盖支着拿烟的胳膊，唾沫乱飞，“你们猜美院的学生上课画什么？画光屁股的！”

人们闻所未闻，见所未见，不敢深信。就有人问：“男的？”

马三胜说：“男的、女的都有，还有十七八的大姑娘呢！”

人们惊得吐出舌头，表示无论如何也不敢相信。

“这倒是，”黑子帮他证实，“姆们厂印过裸体画，裸体就是光屁股。”

人们嗤地哄笑起来，不知是谁说了句：“那……那不成了窑子啦？”

“差不多！”马三胜表示同意，“我还瞅见了那张窑姐儿的像呢，就是德子媳妇！”

“不能吧？她又没去过美院！”人们又不信了。

马三胜望着黑子说：“就是你拿来的那张《无名女郎》！”

黑子愤愤地说：“你抬举她了，那张画儿根本就不像她！”

马三胜不以为然：“像还是像的！美院批斗画那张画儿的家伙的

时候，我就说啦：你知道你画的是什么人？是姆们胡同里的一个臭窑姐儿！你们猜他说什么？”

“说什么？”人们实在是猜不着，津津有味地等着他往下说。

“他说：‘那是我在苏联留学的时候临摹的，克拉姆斯柯依19世纪就死了，根本就没到过中国，更不可能进过你们胡同了！’你们听这话多反动？他还替苏修翻案哩！”

我们都是木头人，
不许说话不许动，
看谁立场最坚定！

苏修老混蛋，
睁眼看一看，
中国人民不好惹，
打你个稀巴烂！

胡同北口，那块倒垃圾的地方，一群孩子在做游戏。这游戏在当时是颇为时髦的，玩法如下：大家手牵手围成一圈儿，边唱第一段歌词边走动，唱到“看谁立场最坚定”一句时，便戛然而止，静立不动。如果哪一个此时足跟动摇，或是口中发声，便算输了，被当作“苏修老混蛋”，人们群起而攻之，齐唱着第二段歌词，拳头雨点儿般地朝他打来，当然，这打只是象征性的。这种游戏，通常是学龄前儿童和小学生玩儿的，疯顺儿傻大的个子，却也挤在孩子堆里，乐此不疲。可惜，他常常是“立场不坚定”，被大家拳脚交加，那打也变成了真打。打完之后，疯顺儿毫无怨尤，嘴里流着哈喇子，执拗地说：“重来，重来……”接着，是一遍又一遍地挨打……

德子垂着头，从垃圾场旁边走过去，回家。他近来总是早出晚归，天不亮就走，天黑了才回来，免得在胡同里碰见人。革命革到他家来，是他做梦也没想到的，报纸上、广播里不是说要揪“当权派”吗？这根本碍不着他的事儿，爱揪谁揪谁，把那些光“支嘴儿”不拉车、钱还比他挣得多的人揪出来，他还觉着“解气”呢。抄家，爱抄谁抄谁，反正那些挨抄的主儿解放前都不干净，不是剥削就是坑人，抄吧，都抄干净了姆们无产阶级活得更踏实，看起来甭管到了什么时候也是卖力气挣饭吃的人省心。哪想到黑子揪了他媳妇！这一揪，把德子给揪蒙了，原来可着这条胡同，最不干净的是他老婆！唉，让人揪着头发游斗，满街筒子吆喝“臭窑姐儿”，寒碜死了！怨谁呢？怨她自个儿，那时候诉什么苦啊，你不说谁知道你当过“窑姐儿”？吃饱了撑的你！人，谁不护短？你偏把小辫子自个儿亮出来，让人家揪，这下子完了，德子虽然是“无产阶级”也择不清一身毛了！他一想起媳妇被揪的情景就脸上发烫、心里发冷，幸好那天没亲眼瞅见，得亏三胜邀他去“喝两盅”，他心里还感激三胜呢。三胜越是口口声声跟他说“姆们工人阶级”，他越臊得慌：家里炕上还躺着个“窑姐儿”呢，要不然……唉，如今人不人，鬼不鬼，在街坊面前抬不起头来，每天下班一进胡同就发怵，不知家里又现了什么眼，还不都是因为她！他懊悔自个儿当年穷疯了，不挑不拣，剜到篮子里就是菜，这会儿想扔都扔不掉了。对，趁这会儿跟她划清界限，打离婚，她当她的牛鬼蛇神，我当我的无产阶级！德子好几次下了决心，可是一进家门，望见媳妇那憔悴的面容，自惭形秽的神色，再瞅瞅早已为他准备好了的饭菜，德子的心就软了，那句话，他说不出口。他们结婚这么些年，德子没跟她红过脸，更没动过她一指头，也没埋怨过她不能生孩子。她进过“火坑”，德子过去没嫌她，现在再抓这个茬儿，不大地道。且别说夫妻一场，交朋友也不能这么着，现如今她在难处！胡同里被揪出来的不止她一个，可就数她的罪名最寒碜，上不了纸笔，又比谁都臭。还特别让她天天去扫厕所、扫街，说不定什么时候就揪去斗一通，数落一顿，一个女人家，够受的了。她那么能忍！这种日子口儿还处处想着德子，为了让他拉车回来能吃饱、吃好，见天儿价去排队买鱼、买肉、买菜，在街坊四邻中要遭多少白眼，要听多少恶言恶语？她又哪能想到德子正打算扔她、甩她呢？不能，无论如何不能！德子又尽往好处想，自个儿一个臭拉车的，如果不是她肯嫁，恐怕到今儿还是光棍一条。这些年过得有荤有素，有单有棉，全亏了她操持。人得有良心，不能忘恩负义。况且，虽然人人都骂她是“臭窑姐儿”，德子心里明白，在她跳出“火坑”嫁给他的时候，还是个“宁死不从”的贞洁女子，他还能嫌她什么？

德子走进家门的时候，屋里黑着灯儿，媳妇一个人儿正发呆呢。她是在做“晚请罪”。这事儿早晚各一次，本来要到居委会，在孙主任的监督下进行，后来连孙主任也想省事儿，就让牛鬼蛇神在自个儿家请罪吧，反正各家都有“宝像”“宝书”。德子媳妇低头闭目，口中念念有词，心里头想得远了去啦。屋里没开灯，黑咕隆咚什么也看不见，她觉得像又掉进了万丈深的苦井，压在了最底层，再也爬不出去了。当年，她第一次迈出青楼大门，抬头仰望着晴朗的蓝天，太阳是那么明亮，空气是那么清新，人间是那么美好，那种光景再也回不来了吗？唉，要是八岁那年没被卖出来该有多好，吃糠咽菜当个乡下妇女，到如今也儿女成群了，压根儿就不遭后来的这些罪了，活得多踏实！这是做梦呢，走过来的路，退不回去了。记得刚解放那会儿，她曾经托人给老家写过信，回信说，她的爹娘都死了，两个哥哥已经成了家，叫她“工作不忙的时候，回家看看”，还开口向她要钱！接到信，她大哭了一场，和家里断了来往。如今，她想像黑子奶奶那样回到老家去也不可能了，人家是“地主”，好歹也算个阶级成分，她算个什么？一个被揪出来的“臭窑姐儿”怎么见家乡父老？眼前没有一条路能跳出这苦井，除非死。因为德子，她又不能死。她死了，德子连个家也没了，连口饭都吃不上了。也许是前世欠下了德子的情分吧，为了德子，她得苦撑苦熬着活下去。德子上班走了，她扫完厕所、扫完街，就在家等着他回来，就像魂儿让他带走了，扔个空身子在家，没着没落的。德子回来了，她才有了依托……

德子推门进来，她没听见；摸黑拉着了灯，才把她吓了一跳。看见德子，她想哭一场，又想起到这会儿还没做饭呢，真对不起他，就连忙起身去张罗，伸手拿起擀面杖，又去端淘米盆儿，也不知道该干什么。德子心里一酸，就拦住她说：“我不饿，先歇会儿吧，抽根儿烟！”

她一愣，看着德子从工作服口袋里掏出一盒“工农”牌的烟，递给她。从不抽烟的主儿头一回买烟，是给她买的。傻德子，买烟也是外行，“工农”牌的，名儿挺好听，却是顶贱的了，两毛钱一盒！

她感激地接过烟，抽出一根来，放到鼻子底下闻了闻，又插回去了，“我不是戒了吗，不抽了，女人抽烟不是样儿，我这会儿又……”

德子把烟又递给她，自己也含上一根儿，“抽，抽！连根儿烟也不抽，人就得憋死了！”

有德子这份心、这句话，媳妇那没着没落的心有地方靠了，她放下烟，就去给德子和面、擀面，瞅着德子在旁边抽烟，烟雾在她脸前头缭绕，像一缕缕柔情在抚慰她破碎的心……

两口子吃完了面，媳妇刷着碗说：“你上炕歇着吧！”

德子说不累，就自个儿找活儿干，他是怕闲着烦。他把脑袋伸到床底下，把去年冬天用的铁皮烟筒找出来。“天儿凉了，炉子该挪到屋里来了。”他踩着凳子，把烟筒一截儿一截儿地安上，接缝儿的地方还用橡皮膏糊上，怕漏煤气，去年就听说有人没把烟筒拾掇严实，全家都让煤气熏死了，多冤！

媳妇看着他那么吭吭哧哧地上上下下心里憋得慌，就说：“咳，活得这样儿，还这么顾命！”

德子说：“好死不如赖活着，也别自个儿找死啊！”

第二天，两口子还是天不亮就起床，德子去拉车，媳妇去扫街。其实，这两件事儿都不必这么早，他们不是怕碰见人吗！

“你歇着，我帮你扫完了再走。”德子说。

媳妇死活不肯：“你走你的，让人家瞅见了寒碜！”

德子怀着一颗沉重的心，走了。

媳妇抡起扫帚，从北头往南，顺着胡同扫。

胡同的南头儿，又出现了一个人影儿，也抱着个大扫帚，立愣歪斜地扫街，往北扫。

德子媳妇不知是谁，也不敢招呼。许是又揪出个什么人吧，有了做伴儿的牛鬼蛇神了。等到渐渐地越扫越近了，她猛一抬头，才知道那是疯顺儿！疯顺儿笨手笨脚，脖子、肩膀运转不灵，那把大扫帚累得他满头大汗，汗珠子混合着哈喇子，垂在肮脏的下巴上，晃晃悠悠的。

德子媳妇愣了：“疯顺儿，你这是……”

疯顺儿抬眼瞅着她，咧开大嘴笑了，含含混混地说：“你……扫那头儿，我……扫这头儿……”

“疯顺儿，疯顺儿！”德子媳妇麻木的心感到一种针刺般的疼，轻轻地呼唤着那个低能儿，不知该怎么表达感激之情。

小小的胡同，还在沉睡之中，灰蒙蒙的上空，晓月如钩。

马三胜的“工宣队”没当多久便给撸下来了。据说他在美院犯了“生活错误”，这四个汉字表意不清，逻辑不通，中国人却人人都懂，便不必解释了。马三胜自己的解释是，“那个地方，咱大老粗没法儿待！”街坊们联系到他过去对美院的形容，便也认定美院不是好人待的地方，一定有什么臭窑姐儿、狐狸精之类勾引马三胜，才使他栽了跟头。不当那个“工宣队”还省得烂到那个“大染缸”里呢，丝毫也没掉马三胜的价儿。马三胜回厂照旧烧他的锅炉，见天儿价早班儿，腾出了好些工夫，优哉游哉，金鱼、神仙鱼不养了，他现在又热衷于养鸽子，不知从哪儿淘换来一对儿，不久，就繁殖了一群。鸽子窝就在他那屋，大大小小的一排笼子，占了好大的地方，满屋的地下都是鸽子屎，他也不在乎。他妈管不了他，嘟囔两句他跟没听见似的，嘟囔急了，他就高声大骂一通，老太太就不敢言声儿了。好在经常有鸽子蛋、鸽子肉吃，他妈也得到一点儿实惠。

早晨起来，马三胜起床去烧锅炉，一开门，“轰！”鸽子就飞出屋去，满世界盘旋。他八点来钟从厂子里回来，就咕咕地逗鸽子玩儿。

梁奶奶房顶上的瓦咔嚓咔嚓响，老太太就骂骂咧咧地走出来，朝着房顶上说：“我一猜就是你！下来，你给我下来！我这房一下雨就漏，敢情是你踩的？”

马三胜站在房顶上，嬉皮笑脸地说：“那什么……那什么，我这鸽子……”到底也没听清楚他要说什么，就讪讪地往东走了。虽说眼下梁思济时运不济，可是梁奶奶跟三胜他妈有过节儿，三胜不能不给她留点面子。

梁奶奶瞅他往东走了，像要下房的架势，就不再说他，自个儿回屋了。其实，马三胜并没下来，顺着房脊又走到德子房顶上去了，望着空中盘旋的鸽子，咕咕地叫。

德子家的房顶上咔嚓咔嚓响起来了。德子媳妇忍着，不言声儿。房上却响个没完，还有踩碎的瓦稀里哗啦往下掉。德子媳妇没法子，就走到院子里，央求地朝高高在上的马三胜说："三胜兄弟，您能不能下来……"

话还没说完，马三胜就接上茬儿了，阴阳怪气儿地说："让我下来干什么？我这儿有事儿呢，没工夫陪你聊天儿！哎，你瞅，你瞅，我这只母鸽子不是个正经玩意儿，老从外边儿招引人家的公鸽子，一群一群的……"

德子媳妇立即像听到了紧箍咒，脑袋一耷拉，缩回屋去了。

院门口挤着一帮孩子，本来是想看看热闹的，见这架没打起来，就疯狂地嚷起来："噢嚎，噢嚎！给她一个大哄噢，噢嚎，噢嚎！"

天上的那群鸽子，在马三胜的周围自由地盘旋。

十三

1976年7月28日凌晨，唐山发生了强烈地震，北京城也跟着狠狠地摇晃了一阵子。胡同里的居民直号乱叫地都跑到了当街，以为天塌地陷了，由于事出偶然，人们本能地只顾性命，把别的全忘了，女的有没穿上衣的，男的有没穿裤衩儿的，谁也没心思笑话谁了。马三胜赤条条地直跑到倒垃圾的胡同口，也忘了他自己曾是以怎样藐视的口吻谈论美院的"裸体画"了。只有疯顺儿一个人在屋里昏睡不醒，他妈死拉活拽也没把他拉出来，大地就已经停止了哆嗦，他也没事儿了。天亮后听人们谈论晚上的惊吓，他根本没听明白，仅以一笑置之。"傻子命大。像他那么样儿，倒也活得踏实。"人们说，嘲笑之中还有些羡慕。

这条胡同里没有超过五米高的建筑，跟着大地晃了一通，无一倒塌，仅仅个别房屋摇落了一些瓦片，这当然是德子家的。德子媳妇心里明白，马三胜几乎每天都要爬上她家的房顶去训练鸽子，那瓦被他踩碎了不少。但嘴里不敢说，便把这一切罪过都推给了天灾。地震过后，接连几天大雨，德子家雨脚如麻，淅沥不止，连床上都摆了大盆小盆接水。德子媳妇去找房管所，请他们给拾掇拾掇，房管员早已风闻她的艳史与目前的处境，斜瞅了一眼，说："地震不是一家的事儿，姆们的活儿忙着呢，凭什么先给你修啊，嗯？"

听了这话音儿，德子媳妇就唯唯后退，回来了。到了儿，还是德子下班回来自个儿上房把瓦码了码，又搭上一块油毡，压上几块砖头，先挡一时，再震再说。"震塌了才好呢，不过了！"德子愤愤地说。

后来就没再有大震，只轻轻地又哆嗦了一两回，就完了。人们于是又该干吗干吗，渐渐地对地震也淡漠起来，并且骂地震局的人白吃饭，震的时候没本事预报，不震了又瞎报，纯粹是骗人。不过，胡同里的住户倒是由此也得着了一些好处，凡有工作的都从单位领来了一些竹竿、苇箔、油毡之类，便借此大兴土木，各自在院子里空地上盖起名曰"抗震棚"实则为厨房或住房的各式各样的小屋，以解决这些年人口增长的需要。胡同口上不知哪个单位备用的砖头也被大伙儿半公开地各取所需，无人过问。胡同里的建筑也便由原来的统一规格变得百花齐放，各有千秋。只有德子和梁思济两家没搭"抗震棚"，德子是没心思，梁思济既没兴趣又没材料，他上哪儿领苇箔、油毡去？马三胜紧贴着德子家的后墙盖了两间"抗震棚"，把鸽子都请到这儿来了。他妈高兴了，只是德子家的后窗户一打开便是咕咕声。德子媳妇自是不敢言语，德子虽是心中不快，但一想这已属后院的事儿，出了他的疆界，较起真儿来，他也未必占理，何况马三胜又是个不好惹的主儿，犯不上跟他伤了和气。如今的德子已不如过去硬气喽！

孙桂贞这些日子格外忙碌，因为“抗震”时期，“批邓”也正闹得凶，学这个社论，发那个材料，她的活儿多着呢。紧接着，毛主席逝世，举国痛悼，她又得忙着带领一帮老太太、半大媳妇布置灵堂，做纸花，扎花圈，缝黑纱，发给居民们人人佩戴。人们自然想起1月份周总理逝世的时候，她挨家挨户嘱咐不要戴黑纱，这一回却又挨家挨户发黑纱，是何道理？道理自然是有的，但没人说得明白，也没人敢于提问，反正是上级布置的，遵照执行就是了。

灵堂就设在居委会办公室，这也是照上面的指示办的，各机关、团体、学校一律如此，小小的胡同自然也不例外。灵堂布置得庄严肃穆，老人家的遗像挂在正中，旁边摆满了花圈，虽是小百姓手工自制，不免有些土气，但也表达着朴素的哀思。人们集合在遗像之前，默哀，三鞠躬，想起在新社会得着的种种好处，伤心落泪。内中有些人又想起十来年间受到的种种委屈，也伤心落泪。这形形色色的人们，却是划分为等级的，运动中那些受到冲击的户儿，虽也被允许吊唁，却不能靠前，只是尾随在众人后头，站在院子里，垂着头默默地想自己的心事。

德子媳妇当然是在这“另册”之列。她哭得泪人儿一般，从人群空隙里往前瞅着毛主席的遗像，不由得想起二十七年前，那位穿着军装的女干部宣布她“解放了”的时候带来的那张毛主席像，戴着八角帽，穿着粗呢上衣，面带笑容，那笑容把春风带给人间。从那以后，她就是一个人了，挺起了腰杆过日子了。一眨眼，二十七年过去了，谁能料到会有这一天，救苦救难的毛主席撒手西归了，丢下我们这些人，往后该怎么办呢？二十七年，她只过了十七年的好日子，剩下的十年，她又成了“臭窑姐儿”了，又被压到“最底层”了。她心里一直纳闷儿：毛主席领导全中国，制定这政策那政策，不知道有没有能沾上她的边儿的政策？共产党不是让“窑姐儿”“从良”吗？“从良”以后的窑姐儿还算窑姐儿吗？她多想问问毛主席！可是，过去没法儿问，今后更没法儿问了。她只有哭，用眼泪泡红自个儿的双眼，腌自个儿的心。

吊唁结束，人们默默地退出，孙桂贞要锁门了。马三胜打厂子里回来，瞅见说："哎，哪能把红太阳锁屋里？姆们厂的灵堂，那是二十四小时有人值班，比锅炉还当紧！得一直坚持到十八号开完追悼会！"

这种事，没人提醒倒也罢了，他这一提醒，谁也不好反驳。孙桂贞心说：就你小子嘴欠！姆们街道上又不像你们厂子，三班儿倒，这儿净是些老娘儿们，半夜三更地怎么值班儿？埋怨尽管埋怨，她可不敢明言，这年头儿，明摆着这是上纲上线的事儿，她得照马三胜说的办。

于是就排班儿，张三、李四……谁挨谁，几点接班儿，一一排定。这些老太太、半大媳妇，平生第一次干这值班儿的差事，倒也觉得新鲜，到时候，提个马扎儿，端碗酽茶，攥块烙饼，到灵堂里守上几个钟头。有的还拉上个伴儿，在那儿聊天，不知不觉到了钟点儿，也不觉得寂寞。开头几天，秩序井然，后来，渐渐地没了常性儿，值了两回班儿的人便想出一些偷奸耍滑的办法，或是趁上茅房的机会一去两钟头，或是到了钟点儿因为点儿什么事儿迟迟不来，致使灵堂常有冷清的时候，一些孩子便乘虚而入，在庄严的殿堂做起儿戏，还从花圈上揪朵花儿来玩玩，气得孙桂贞大骂，甚至动手扇他们一巴掌。被打哭的孩子不服，说："你怎么不打你们家孩子？姆们是跟疯顺儿来的！"孙桂贞脸憋得通红，不得不忍痛在疯顺儿的屁股上轻轻地拍了一下。

这天夜里，孙桂贞睡醒一觉，起来解手儿，顺便到灵堂来查查班儿。此时更深人静，万籁俱寂，唯有灵堂里亮着蓝莹莹的日光灯，照着惨白的纸花。一阵嘤嘤的哭泣声从室内传来，断断续续，抽抽噎噎，哭得好伤心！孙桂贞心中为之感动：还是姆们居委会教育得好！一个人值班儿还痛哭流涕，可不是装给人家看的！

她步履轻轻地走进门去，那人还在哭，只看见一个背影儿，垂着头，跪在毛主席遗像前，不时地拿袖子擦着鼻涕眼泪。

孙桂贞安慰她说："唉，他老人家已然过世了，人死不能复生，你也别老是哭了，当心自个儿的身子！最当紧的是继承他老人家的遗志……"

这一劝，那人反而更加大恸肝肠，号啕大哭："毛主席，毛主席呀！……"

孙桂贞一愣："闹半天是你？我还当是……"

那人抬起头来，是德子媳妇！

德子媳妇眼泪汪汪地望着孙桂贞说："孙主任，您就让我痛痛快快地哭一场吧！"

孙桂贞脸色一沉："谁叫你来的？我压根儿没排你的班儿！"

德子媳妇说："我……我瞅见这儿没人，就自个儿来了。孙主任，您就让我在这儿守一夜灵吧！"

"哎呀，这哪儿成啊？"孙桂贞愤怒了，"你不知道自个儿是什么人吗？"

德子媳妇仍旧跪在那儿，苦苦哀求："我……我有罪，请毛主席恕了我的罪吧，我也想重新当个人哪！"

"啧啧！你不怕寒碜，姆们还怕寒碜呢！姆们街道上革命群众都死绝了？让一个臭窑姐儿来给毛主席守灵？啧啧，快走吧！"

德子媳妇双眼直直地盯着孙桂贞，嗓子里噎着一口气，半天也没挤出声儿。

十四

岁月，在小胡同里艰难而又迟缓地流逝，但也时而为人们制造一点儿调剂口味的佐料，不至于使生活过于单调枯燥。至于天下大事，此亦一是非，彼亦一是非，自有大政治家、大哲学家去关心，本不是这条胡同里的居民所管得了的，就随它去。最简单而又稳妥的道理是：凡是发生了的事，都是该发生的；凡是没发生的事，都是不该发生的。清朝缠足是该缠，民国放脚是该放，以此类推，便没有什么不能接受的了。所以，十年动乱，一旦平定，倒使人们感到惊讶，听到马三胜在当街毫无顾忌地骂江青，还以为是他发了疯，想蹲班房了怎么着？也有一些人在单位里听到了一点儿风声，却不敢相信，回家也不敢对街坊们传播，对惹不起的人物，千万别招惹。直到广播里真的点了“四人帮”的名，才又追着马三胜去打听江青的野史外传，这时，新闻已成旧闻了。

历史，迅速地改变着人们的命运。

爆肚儿陈家、花儿洪家、玉器赵家……查抄物资都退回来了。玉器赵的胆子也大了，甚至敢跟公家翻扯，说还有两个青花瓷掸瓶没退回来，非要完璧归赵不可。负责退赔的人说：这又不是姆们抄的，当时红卫兵没立账目，不成您找“四人帮”算账去得啦，都是他们没事儿找麻烦！

梁思济又回医院上班了。医院党委说：梁大夫当时不去三线是因为家庭确有困难，他向领导打报告是合乎手续的，对他处理不当，现予撤销。梁大夫重新工作，补发十几年的工资，崭新的票子拿回来一大摞，好几千块。梁奶奶热泪纵横，感激“老天有眼”，说要把这钱存起来，赶明儿再给儿子结婚用。梁思济说：“您都这么大岁数了，还存钱干吗？都花了它！我也不会再结婚了！”他望着镜子里自己花白了的头发，沉默良久，发出一声长长的叹息，十几年的光阴，他本来可以医好多少病人啊！

黑子的奶奶又从乡下迁回来了。按照政策，土改前三年之内拥有多少土地、雇有多少长工方可定为地主，而她从乡下出来的时候，离土改还差二十多年呢，根本沾不上边儿！街坊们说：“就是！姆们早就瞅着她不像地主！”少不了又是一番慰问，比送她走时更要热烈，连孙桂贞也来看她，亲亲热热地说：“当初闹红卫兵那会儿，要不是我护着，他们能把您打死！得，只要人好好儿的，您这一回来，街坊们也高兴！在乡下吃几年五谷杂粮，消病除灾，长命百岁吧您哪！”黑子奶奶是绝处逢生的人，自然也对孙桂贞只拣好听的说喽，还得感谢她这些年照应黑子呢。三胜他妈攥着黑子奶奶的手，相对流泪，感叹不已，说起十年离异，齐声痛骂“四人帮”害得三胜和黑子到今儿还没娶上媳妇！

娟子给马三胜介绍了个对象，也是铁路上的，三十二了，离了婚的，没孩子。三胜他妈说：“有孩子都不碍事的！离婚的有什么寒碜的？前娶后婚古来兴，明媒正娶，谁也说不出什么来！”

娟子说：“女方还想了解了解三胜哥……”

三胜他妈说：“叫她来了解吧，街坊四邻谁能说姆们三胜有什么差池？”

正好黑子奶奶也在旁边，就插嘴说：“可着这条胡同，就数三胜这孩子出落得好，心眼好，做派正！娟子，你好好保这个媒，等成了，下边儿还有姆们黑子呢！”

娟子笑笑说：“我得给黑子胡噜个大姑娘！”

黑子奶奶对这“月下老人”连声道谢，早把娟子骑车撞她的事儿忘没影了。如今娟子已是三十好几的人了，不像过去那么傲气了，在黑子奶奶眼里竟然找不出她的什么缺点。

孙桂贞家在十年浩劫中保存得最为完好，不但街道主任的官职雷打不动，毫毛未损，而且阖府安康，人丁兴旺——娟子接连生了三个儿子。那时计划生育还抓得不严，使她充分发挥了自己的潜力。现在，孙桂贞按照新政策，在胡同里狠抓“只生一个好”了。

这天下午，老区长突然光临，坐着小汽车进了胡同，问孙桂贞住哪儿，立时招了一大帮人，前呼后拥，进了疯顺儿家。平时孙桂贞老是把“老区长”挂在嘴上，谁也没见过区长是个什么样儿，这回真来了，自然是争睹风采，孙桂贞更是光耀门楣，喜出望外，激动地上前握住区长的手：“老区长，可把您给盼来了！您身体还硬朗啊？前几年，‘四人帮’可把您害苦了，姆们谁都不信您是假党员，这不，到了儿归齐，真的假不了……”

老区长笑着打断了她的话，往后边儿转过身来，孙桂贞一瞅，后边还有人呢！从小汽车上下来一个黄胡子、黄头发、蓝眼珠的外国人，还跟着一个女翻译。

老区长笑容可掬地对外国人说：“这就是孙桂贞女士。”又朝孙桂贞说：“这是美国的弗朗西斯先生。”

外国人望着孙桂贞，激动得什么似的，握着她的手，还放在嘴边儿亲了亲手背，那黄胡子扎得孙桂贞怪痒痒的，脸一红，还有点儿不好意思。旁边儿围着的大人小孩轰地笑了。马三胜经多见广，不以为然地说：“笑什么？没见过世面！这是外国的见面礼节！”

孙桂贞招呼客人进屋，娟子她叔忙不迭地沏茶敬烟，接待贵宾，屋门外挤了一院子的人，这热闹场面，在本胡同尚属罕见。

外国人对孙桂贞叽里咕噜一通，谁也听不懂。孙桂贞眨巴着眼，心想横是要参观街道卫生？要是早点儿通知就好了，也让各家归置归置……

跟来的女翻译说："弗朗西斯先生说，他是您丈夫的好友，前不久还在台湾和您丈夫一起吃饭……"

女翻译的话还没说完，孙桂贞的脸就刷地变成了死人色儿，身子往后一仰，就要跌倒，娟子她叔也慌得手脚哆嗦，连忙用肩膀戗住她。

外国人愣了，叽里咕噜地问女翻译这是怎么回事儿，老区长让女翻译这么翻："孙女士听到这个消息，太激动了！"

外国人点点头："也斯，也斯！"

院子里围观的人，这会儿炸了窝！大伙儿敬了二十多年的"烈士"原来是假的？是个国民党！这条爆炸性的新闻足够在胡同里掀起七级地震！马三胜站在房门外头，心里乐开了花：嗬，有好戏瞧了，这个"代代红"的骚娘儿们该尝尝无产阶级专政的滋味儿了！

这时候，就有人去喊梁大夫，梁大夫下班刚进家门，听说孙主任死过去了，就急急地跑了来，给她掐了掐人中、虎口，又灌了几口白糖水，孙桂贞就渐渐醒了过来，嗓子里"啊"地发出一个长声，睁开了眼，像老鼠见了猫似的盯着老区长，想起老区长过去抓阶级斗争的那个狠劲儿，不由得浑身哆嗦，"老区长啊！我是您培养起来的，您可得给姆们做主啊，姆们跟那个死鬼没有过一点儿来往啊！"

外国人瞅着挺纳闷儿，问女翻译她说的是什么，女翻译很为难，不知该怎么翻，老区长想了想，微笑着说："你告诉他：孙女士向他表示诚挚的谢意！"

孙桂贞心说：我还感谢他？他来北京的路上从飞机上摔死才好呢！姆们家眼看都毁到他手里了！只觉得眼发黑，脚跟发软，扑通跪在老区长的面前，浑身哆嗦得更厉害了。

老区长扶起她，亲切地说：“孙桂贞同志，您得到亲人的喜讯，应该高兴呀！弗朗西斯先生说，他是受您丈夫的委托，特地来找你们的，您的丈夫在台湾生活得很好，他已经离开了军界，在台北市开了个饭馆，还是用的‘和合居’的老字号，以后还想叶落归根呢！”

孙桂贞张大了嘴巴：“他……他还想回来？”

老区长说：“回来好哇！我们欢迎台湾同胞回到祖国怀抱，也希望他们为统一祖国大业做出贡献！对他们在大陆的亲属，人民政府一定给予很好的照顾，您有什么困难，可以提出来！”

孙桂贞愣了，娟子她叔也愣了，简直不相信自己的耳朵！

外边儿围观的人也愣了。马三胜的脑瓜儿就够灵的了，都半天没转过弯儿来：怎么着？合算好事儿全让她们家占了，专吃香饽饽？什么时髦的都先尽着她们？真是邪门儿了！搞阶级斗争的时候她是“烈属”，搞统一大业的时候她又变成“台属”了，比那会儿还来劲！怎么我爸爸——那个混蛋“菜芽儿马”、老“酒罐”不滚到台湾待会儿去，给儿孙积攒点儿德行！

到底还是孙桂贞的脑瓜儿快，她这会儿回过味儿来了，脸上的晦气相一扫而光，振作精神大宴宾客，吩咐娟子她叔赶紧做晚饭，炒几个“和合居”的拿手菜，让外宾尝尝跟台湾的娟子她爸炒的一样味儿不？再包点儿饺子，美国许是吃不到咱这三鲜馅儿！还得去买酒，拣好的，什么“二锅头”“衡水老白干”不能待这样的贵客！老区长和翻译都别走了，一起吃顿皆大欢喜的团圆饭！当然，她没忘了趁客人没注意的时候把墙上的“光荣烈属”镜框取了下来，掖到旮旯里去了。也没忘了老区长刚才说的最后那句话：有什么要求尽管提出来。就满脸笑容地说：“老区长，姆们家也没什么困难，大姑娘在铁路上工作，就是小子还在待业，要是能安排个工作，那就什么心事也没有了，他爸回来，也瞅着高兴！”

老区长满口答应：“可以考虑，可以考虑！哎，他在哪儿？让弗朗西斯先生看看他好友的儿子嘛！”

孙桂贞这会儿不想让他们看到疯顺儿，就遮掩说：“他出去了，买本儿书啊什么的……”

老区长说：“如今孩子们都爱学习，让他学点儿外语，等他爸爸回来，可以用英语对话了！”

疯顺儿正缩在人群里看热闹，人们起着哄把他往前推，“还说外国话呢？你能把中国话说利落就不错了！快上前边儿去，让外国人好好看看你！”

疯顺儿被推到了当门，他一脸的泥，手指头衔在嘴里，流着哈喇子，朝着这几个生人嘿嘿地傻笑。

孙桂贞不好意思了：“瞧瞧，也没洗洗脸！”

老区长一看傻了眼，没想到“和合居”老板的贵公子是这么个成色。

弗朗西斯先生端着挂在脖子上的照相机，本打算给他照张相带给他那在台湾的老子，一看疯顺儿这副模样儿，也愣了。大概美国也有这样的低能儿，所以不需翻译也能看懂。

十五

德子买了一台十二英寸的“牡丹”牌黑白电视机。来得太迟了的现代文明，毕竟也来到了这个角落。德子媳妇每天晚上都看电视，从头到尾，一个节目不漏。从这里，她似懂不懂地感到外部世界在变化，大量的新信息目不暇接，撞击着她的心房。都是好消息！多少年的沉冤昭雪，多少人的政策落实，过去连想都不敢想的事，如今都成了现实。人们都说，这是第二次解放。她像是又嗅到了头一次解放的那种气息，却又觉得那气息离自己还很远。虽说是早就不再让她扫厕所、扫街了，可也没人告诉她：你不是……她悄悄地等待着。

电视里正在播放日本影片《望乡》。

“望乡？望乡是什么意思？”德子说。他不爱看外国电影，想拧到另一个频道去，那边儿有京戏。

德子媳妇平常也是爱看京戏的，今天却劝德子跟她一块儿看《望乡》：“看看吧，这名儿挺好听的：望乡！”

这名儿让她想到自己，她就像一个被命运抛到天涯海角、荒漠深山的人站在路的尽头，盼啊盼啊，盼望着能有个车呀船呀把她带回人间。

《望乡》展示的是一个她完全陌生的国度，但是，她却在阿崎身上看到了那么熟悉的命运，外国也有穷人，为了糊口，就把年纪幼小的闺女卖了。啊！阿崎也是从乡下卖出去的！人家买她干什么？

“我不接客！说什么我也不接！……”屏幕上，孤弱无援的少女阿崎在绝望地惨叫！

天哪，电影里演的简直就是她的事儿，她的心被阿崎揪住了，被阿崎撕碎了！

“啪！”德子伸手把电视机关上了，挺腻歪地说：“甭瞅了！这他妈的算什么电影？”

媳妇没言声儿，默默地站起来，心里没着没落，就拿起炕笤帚扫炕，说：“不瞅就睡吧，你也累了。”

德子没搭理她，拿起桌上的烟，取出一支，狠狠地抽着，就往外走，走到门口，丢过来一句话：“我出去遛个弯儿。”

媳妇没拦他。等他一走，就又忍不住打开了电视机……

德子出门顺胡同往北走，不知不觉顺腿进了马三胜家，心里烦，到这儿串串门儿。自从那回马三胜邀他“喝两盅”之后，他对酒也有了兴趣，常去小铺里喝点儿，马三胜还算个酒友。至于在他家房顶上飞檐走壁的事儿，媳妇压根儿就没对他提过。

马三胜也在看电视，屋子里烟雾腾腾，还坐着几条汉子，有黑子，还有谁，一时没看清。

马三胜瞅见他进来，连忙打招呼：“德子哥，来瞅日本电影咳，《望乡》！”

也是这？德子觉得扫兴。一脚门里，一脚门外，想转身走开，又不大好意思。

马三胜已经递过了烟，“来，来，这儿有地儿。快瞅，这轱辘儿热闹！”

德子只好硬着头皮进来，屋子里的人都笑嘻嘻地瞅着他，他心里挺不自在，总觉得那眼光里有一层什么意思。特别是那个挨着他坐的黑子，让他硌硬。自从黑子揪斗了他媳妇，他便就不说话，仇人似的。

屏幕上，《军舰进行曲》大作，五百名南下婆罗洲的日本水兵像雪崩似的涌进“八号番馆”，妓院老板兴奋地喊着：“……别挤，按次序来，五块钱，五块钱！”

德子全身的血猛地涌到脸上！

黑子看得开心，跷着二郎腿儿，叼着烟，一边瞅，一边高谈阔论、旁若无人。不，正是因为旁边有德子，他才说得更带劲儿：“好家伙，一个窑姐儿接三十个，那还不累散了架啦？”

在座的人们哄堂大笑，笑得那么放肆，那么开心。

马三胜满不在乎地说：“这有什么新鲜的？窑姐儿嘛，都是这样！”说着，还往德子瞥了瞥。

德子也是个男子汉，再瞅下去，他能一头撞死在这儿！忽地站起来，扔了手里的半截儿烟就走了，也没跟马三胜打个招呼。

他听到屋子里又是一阵笑声。

他走到胡同里，好儿家的电视都在响，满街筒子都是《望乡》！祖宗的，今儿个怎么不停电？德子恨不得把所有的电视机都砸了！

他没回家，往北出了胡同口，上了大街。街北里的那家饭铺儿，关门很晚，柜台上有羊头肉和烧酒。

十六

德子回来的时候，胡同里已经听不见电视的声音了。

媳妇还没睡，在等着他。眼睛红红的，像是哭了很久，揉了很久。而脸上的表情，却已经不是痛苦，好像很激动似的，有什么话等着德子回来说。

德子耷拉着脑袋进了里屋，脱了鞋，就势往床上一躺。

媳妇跟进来说："也不洗脚？不脱衣裳？"伸手去拉被子，闻见一股酒气，"唉，又喝了？酒可不是什么好东西！"

"这个世界上没有好东西！"德子一扭脸，突然问她，"你是不是又接茬儿瞅电视了？"

媳妇并不掩饰，"嗯"了一声。

德子更没好气儿了："哼！瞅那东西？那不是存心寒碜人吗？一人接三十个？瞎掰！"

"可不就是这样儿嘛！"媳妇愤愤地说。《望乡》勾起了她的伤心事，提起就恨得牙根疼，"姆们那会儿，国民党兵也是成群结伙地来，唉，哪是人受的罪？"

“怎么？”德子骨碌坐了起来，瞪着血红的眼睛，直愣愣地瞅着她，像是突然不认识了似的，“你也是这么样？跟那个阿崎……一样？”

媳妇慌了，愣了，望着突然变得陌生了的德子，不知该说什么好了：“我……我……”

德子的脸涨得紫红，脖子上的筋都蹦了起来，霍霍地跳。就这么对视了一阵，他突然抓起被子，蒙住了脑袋，在床上缩成团，两只长着厚茧的大脚露在被子外面，抽疯似地搓着床单。

媳妇的心凉了，她真想狠狠地抽自己一个嘴巴：说！又说！这话连对德子也不该说！过去，她骗德子，德子也就宁愿相信她是“黄花儿闺女”，这层窗户纸，到什么时候也不能捅破啊，德子也是个男人，他受不了！

“我寻思，电视里演《望乡》这样的电影，是姆们的政策要下来呢……”她失神地喃喃自语。

“哼！”被子里头传出德子沙哑的声音，“你没瞅见大伙儿是怎么瞅稀罕儿，找乐子！什么政策能落实到你头上？给你平反？改正？说什么？说你不是……”

一阵痛苦的呻吟，被子蒙得更紧了。

媳妇一夜没合眼。挨到天亮，又去给德子买来了油饼儿，还有薄脆。德子起来了，连瞅都没瞅，也不漱口、不洗脸，就走了。

媳妇的魂儿又没处依托了，悠悠忽忽地上街买菜。街上的人好像昨晚上都看了《望乡》了，瞅见她就像瞅见了阿崎婆似的，叽叽咕咕，指指点点。她低着头，买了一条鱼，赶紧回家。她心里空荡荡的，也不知怎么把鱼鳞刮干净的，怎么把鱼烧熟了的，端下来，凉了再热热，耗干了水再添上，就这么等着德子回来。

德子又是很晚才回来，喝得醉醺醺的。

她迎上去，“又在外边儿喝了？家里还有‘衡水老白干’呢，比铺子里的散装酒强。我给你做好了鱼啦……”

德子打着嗝儿，手扶着床帮说：“我在外头吃了，有钱在哪儿买不着鱼？”

媳妇怕他摔倒，连忙扶着他，“那……就早点儿睡吧！”

德子的大手一扒拉，把她推了一趔趄，“去！靠边儿点儿！”

媳妇愣愣地站在旁边，看着他，心想：今儿个准又跟昨儿一样，得闹腾！

德子一躺倒就呼呼地睡着了，没闹腾。媳妇替他盖上被子，扒下来鞋，把腿给他挪正了。德子翻了个身，朝后踹了一脚，瓮声瓮气地说：“躲开我！你睡……睡那屋去！”

德子打了一宿的呼噜，媳妇坐了一宿。

天还没亮，德子翻身起来了。媳妇说：“天儿还早，你再睡会儿。”

德子也不言语，弓着腰，把铺盖卷巴卷巴，往胳肢窝底下一掖，就往外走。

媳妇吃惊地拦住他：“你……这是干吗？”

德子头也不回地说：“活儿忙，我不家歇了。”

媳妇就没再拦他。

今天的天儿晴得真好，一丝云彩花儿也没有。该把被子拿出去晒晒。不，不用晒了。换下来的冬天的衣裳该拆洗拆洗了。不，不用拆洗了。房前的那一小块地，去年种的扁豆结了不少，还留着种儿呢，今年也该种了。不，不用种了。

院子里真清静。李家两口子、梁大夫都上班去了，梁奶奶上街买菜去了，她的三个孙女都上学去了，大的已经上了大学，最小的也上了高中。都走了，院子里连个人影儿也没有，只有马三胜的那群鸽子自由地在天上盘旋，有的落在房檐上，有的落在当院地上，啄点儿什么吃。再过一会儿，马三胜又该回来训练鸽子了，又要上房踩瓦了。让他踩去吧！

院子里的那两只鸽子轰地飞了，有人进院里来了。是谁？噢，是疯顺儿。疯顺儿的工作已然安排好了，眼瞅着就要去上班了，也不知道他能给公家干点儿什么？咳，路铺平了，自有他走的办法。

疯顺儿磨磨悠悠走进来，脑袋不灵便地转动着，像是对什么都有兴趣，又像是什么也没看。两只肮脏的手，一只蜷着抬在胸前，一只抠着嘴，他在嗑瓜子呢。

他朝德子媳妇走过来，嘿嘿地傻笑着，也不知道是什么意思。

“疯顺儿，出去玩儿去吧，小孩都在胡同口呢，这儿没人跟你玩儿。”德子媳妇好言劝他走，她有自个儿的事儿，怕让疯顺儿耽误了。

疯顺儿不走，却把攥着瓜子的手朝她伸过来，“你吃……你吃……”

德子媳妇的心扑通一声，像是一块大石头从半空中掉下来，砸在深潭里，溅起老高的水花。好久以来，没人这样真诚地对待她了。

“瓜子儿？姆们这儿有！”她突然想起来家里还有一大包瓜子，搁在罐子里好久没动了，就进屋找了出来，都递给疯顺儿，“�，嗑去吧，都给你啦！”

疯顺儿毫不客气地接过来，还是不想走，嘿嘿地朝她笑。那笑，没有恶意。

德子媳妇不撵他，开始干自己的事儿，蹲到廊子底下，拿劈柴装到炉子里，点着了，慢慢地装满煤球。刚刚开始燃烧的煤球，冒着混浊的

浓烟。她抄起旁边的一把破芭蕉扇，扇着，扇着，慢慢地火旺了，烟少了。这炉子，冬天搁到屋里，连取暖，带做饭、烧水。天暖和了，就挪到廊子里来了，屋里的铁皮烟筒也拆了，等冬天屋里生火的时候再安上。

“疯顺儿，劳你驾帮我搭把手儿，把炉子抬屋去。”她想了想，说。

疯顺儿嘿嘿地笑着，小心地把瓜子搁到炉盖儿上，帮她把炉子从廊子底下抬进屋去，也不问抬进去干吗。然后，又赶紧捧起瓜子来，接着嗑，把瓜子皮就扔在屋里地上。让他扔吧！

德子媳妇把衣柜打开，拿出自个儿的一摞衣裳，搁在床上。提起一件，是那件老式的蓝布大襟褂子，问疯顺儿："疯顺儿，你说这褂子好看吗？”

疯顺儿一边儿嗑瓜子，一边儿摇摇头。

她又拿起月白色的睡衣："这件呢？”

疯顺儿又摇摇头。

她把睡衣搁在一边，找出一件素色的府绸对襟上衣："这件好看吗？”

疯顺儿还是摇摇头。

最后，她翻出了那件十多年没穿过的淡紫色花丝葛旗袍，两只手提着，垂在身子前头。

疯顺儿嘿嘿地笑了："好咳……”一张嘴，哈喇子流了下来，垂成一个长长的惊叹号。

德子媳妇长长地叹了口气。

“顺儿！顺儿！你又死到哪儿去啦？”是孙桂贞的声音在胡同里叫。这回不是叫疯顺儿回去“塞”，兴许是关于上工作单位报到啊什么的。

“叫你呢，快回去吧。”德子媳妇说。

“嘛呀……嘛呀……”疯顺儿挺不情愿地嚷着往外走，立愣歪斜地出了院门，刚刚落在地上的鸽子又轰地惊飞了。

德子媳妇目送着疯顺儿走远了，看不见了，就从院子里接了一盆水，端进来，在镜子前头洗脸。洗得很慢，很仔细，洗得干干净净，搽上薄薄的一层润肤油。然后，端起脸盆，把脏水倒进水龙头底下的地沟里。

她回到屋里，把门、窗户都关上，拉上窗帘，这样，就谁也不会来打扰她了。其实，这里已经好久没有人来串门儿了，她一待就是一天，等着德子晚上回家，吃饭、睡觉。现在，连德子也不回来了，屋子里真安静。

她想了想，还有什么事儿忘了办吗？没有了，这个月的房、水、电费都交过了，什么也不拖欠了。噢，对了，还欠着马三胜一毛八的油饼儿钱呢，十几年了，竟然一直没有机会还给人家！她拉开小柜的抽屉，找出一堆钢镚儿，凑够一毛八，包成一个纸包儿，上床打开后窗户，朝马三胜的鸽子房里丢过去。

她关上后窗户，拉上窗帘，心里踏实了。

她对着镜子，把头发梳理整齐。然后，脱下身上的旧衣裳，换上那件淡紫色的花丝葛旗袍。她望着镜子里的自己，几乎认不出了。唉，这些年，她变得太多了。人过青春无少年，谁都得老。不知不觉，她都快五十了。这个年纪，别人都该抱孙子了，而她，还是一个没有生育过的身子，从来不知道怀抱着婴儿喂奶是怎么样一种滋味儿。

十几年没穿过这件旗袍了，还这么合身，好像身体的胖瘦一点儿也没变，只是脸瘦了，老了，暗淡了。仔细看看，还是自个儿的模样，如果跟那些抱孙子的大嫂、大婶比，谁也不信她是快五十的人。她朝着镜子，不觉泛起一丝苦涩的微笑。她想再抽一支戒了十几年的烟，顺便再用点过的火柴棍儿描描眉梢，刚拿起烟盒，便又放下了，算了，戒了的东西，就别再拾起来了。

她现在什么事儿都没有了。再仔细想想，也想不起还丢下了什么。不，丢下的不少，那……都是该丢的。她不打算像阿崎那样满怀深情地回到家乡去遭哥哥的白眼。她不打算再去求德子搬回来住。和德子过了这二十多年，全当是一场梦吧，醒了好，人不能靠做梦过日子。她也不打算再到胡同里、大街上走走，看看这些年到过的地方、见过的人。算了，那么大的世界，那么长的路，那么多的人！那么多的脸，那么多的嘴，那么多的话！这个世界真累人！

什么也不看了，什么也不想了，她的事情都办完了，该走了。她看见一片白花花的海水，被太阳照得银光闪耀，一个披头散发的女人踏着海水，踏着沙滩朝前跑去，笑着，嚷着，招呼着阿崎，不，是招呼着她："动身走啦，这么晴朗的天！哈哈哈……走啊，走啊！"

她又拨了拨炉子里的煤球，又撮了一簸箕续进去，让它慢慢地着，慢慢地。

她把不穿的衣服都装到衣柜里，屋里不能这么乱，她爱干净。把地扫扫，炕上也扫扫，都扫干净。

她从柜子里找出一条从没用过的床单，雪白的，没有一点花儿。德子不喜欢这条床单，说："白得忒素，像死人使的。"就没让用。这回该用了，她自个儿用，德子管不着了。

她把床上的被子挪开。枕头，德子拿走了一个，还剩一个了，摆到当间儿。然后，平静地躺了下去，把雪白的床单蒙在自己的身上。

炉子里，煤球在静静地燃烧，一氧化碳气体在密闭的房间内无声地蔓延，蔓延……

尾声

媳妇死了之后，德子就换房搬家走了，搬到离这儿很远的另一条胡同里去了。那儿，谁也不知道他的过去，在街坊们眼里，他是一个全新的人。

德子搬走了就再也没回来过，拉座儿经过这一带也绕着走，他不愿意再看到这块地方，不愿意再碰到这儿的人。他要忘掉这儿的一切，也希望这儿的人把他和他的媳妇忘掉，就像这条胡同里压根儿就没住过这一户似的。

这实际上做不到。胡同里少了他这一户，人们便感到了一种不大不小的缺欠，感到生活中少了一点儿调料。人们需要有不完美的人来衬托自己的完美，需要用无聊的话题来打发自己的无聊。于是，就时常提起那些有关德子媳妇的往事，好像十分怀念似的。遇有生人到这胡同里来，他们还指点着德子故居对人家说："从前，姆们这儿还住过一个窑姐儿呢……"那语气，似乎有些炫耀。

（发表于《花城》1986年第3期。1988年获中国作家协会第四届全国优秀中篇小说奖、第二届《花城》文学奖。收入《1986年中篇小说选》，人民文学出版社1988年版；霍达小说集《红尘》，花城出版社1988年版；霍达小说集《魂归何处》，北京十月文艺出版社1988年版；《太阳很好》，今日中国出版社1996年版。1993年由作者改编为同名电影文学剧本，北京电影制片厂、深圳三洲、五洲实业股份有限公司摄制）

魂归何处

从黑暗到光明，眨眼之间，她跨过了两个世界之间森严的界限……

一张陌生的男人的脸，离她那么近！

“你是谁？”她恐惧地喊道，竟然不认识自己的丈夫。

一张陌生的女人的脸映现在镜子里。

“这是谁？”她甚至不认识镜子里的自己。

“她是我？我是谁？”

……

——本篇某一章的片段

第一章　当作家好，还是卖苦力好?

作家高迈正在受着痛苦的煎熬，不仅苦不堪言，甚至连大气都不敢出。

他把自己关在书房里，埋头写作电视连续剧《凤求凰》的剧本。剧情是一个尽人皆知的老故事——司马相如和卓文君这一对才子佳人的爱情瓜葛。高迈力求写出新意，写出自己的风格，并且运用电视这种现代艺术手段去赢得观众的喜爱。他自信可以达到这一目标。电视剧制作中心的领导也对此寄予厚望，导演江石正等着他的剧本，以便尽快分镜头，尽快投入拍摄。高迈把手头的创作计划——中篇、长篇、电影剧本，通通放下，全力以赴《凤求凰》。他闭门谢客，嘱咐妻子李金镯，有客人来访就说他不在，不管什么事都等客人走了再告诉他，特别注意不要让客人在会客室里乱翻书柜里的书，作家的藏书是供创作参考的，概不外借。

现在，妻子李金镯正在忠实地执行他的命令，在会客室里和一位屁股挺沉、来了就不想走的客人周旋。

客人正是等着《凤求凰》剧本的导演江石!

高迈后悔没有告诉妻子：江石例外。现在，后悔也晚了，妻子已经照计行事，对江石说“高迈不在”了，他想出去见客也不行了，那样，会使妻子难堪，也显得自己无礼。他只好继续躲在书房里，耐心地等江石告辞。

无奈，江石没有告辞的意思。

无奈，妻子为他“挡驾”，赢来了写作时间，他的写作却无法继续了。

会客室和书房只有一门之隔，只要推开门，江石就会看见他正抓耳挠腮地坐在那儿呢。不用开门，他也可以清清楚楚地听见江石的说话声、喝水声、划火点烟声以及妻子的应酬声，这声声入耳，他还能写得下去？写个鬼！他呆坐在写字台前，侧耳倾听着外边的动静，自己反而不敢“乱说乱动”了，稿纸不敢翻，水不敢喝，火柴不敢划，怕江石听见声响，甚至连嗓子痒痒也不敢咳嗽一声。他突然觉得自己可怜而又可笑，躲在自己家里，却像个小偷似的，“窃听”别人说话！电影、电视里“窃听”的镜头不少，唯独没见过这么独特的，如果这事儿让江石知道了，没准儿给用到哪部电视剧里去！

江石舒舒服服地坐在会客室的沙发上，解开西服上衣的纽扣，免得胖墩墩的肚子受窘。这家伙块儿大膘肥，体重一百六十斤，一般的木椅、折叠椅都难以承受，亏得高迈会客室里的沙发既大且软又富于弹性，他坐在那儿像一尊弥勒佛，把中间的三连座占了一半，李金镯坐在旁边的单座上，相比之下像个瘦弱的小鸡子。

其实，李金镯既不瘦也不弱。她身高一米六四，在女同志当中算高个儿了。年已三十四岁，开始发福了，人们都说她比年轻时候要胖多了，但胖得适度，不蠢，肤色红润而有光彩，眼角连鱼尾纹也没有。同事们说，到底还是当作家夫人合算，高迈的稿费源源不断，李金镯的手头“活泛”，日子过得宽裕、舒心，人也越打扮越漂亮了，真是夫荣妻贵。眼下，正值五月天气，乍暖还寒，乱穿衣的时候，李金镯穿一件高领、长袖、银灰色薄毛衣，胸前绣着淡粉色的几朵小花儿，下面穿一条黑色、绲金边儿的毛线裙，挺秀的双腿穿着“安芬娜”肉色高筒丝袜，足蹬尖头、高跟的褐色皮鞋，再加上烫成大波浪的一头青丝，浓眉大眼、俊秀精明的面孔，确实有相当的仪态，初次见面的客人未必能看得出她只是一名普通的女工。

李金镯是制皂厂香皂车间的工人，开搅拌机的，每日里操纵那一台庞然大物，把成吨成吨的白坯儿皂片兑色儿，加香精等等辅料，拌匀了，输送给出条机，压制成长龙般的皂条，再由打印机打成一块块香皂。这工作虽然简单，却也是有意义的，市面上供应的香皂，只要是本市产品，无论玫瑰香型、牡丹香型、茉莉香型、檀香型……一律出自她手——她的手上、身上，永远散发着洗不掉的香味儿。

江石是来过多次的，知道她的行当，就跟她没话搭拉话儿，还学着她们厂里的师傅们那样称呼她：“大镯子，今天什么班？歇了是怎么着？”

“歇？凭吗歇？没病没灾的！我们工人可不像你们作家、艺术家，自由班儿！待会儿伺候他吃了中午饭，我就得走，中班儿，今儿个打透明皂，又得费老了劲啦您哪！”李金镯说，操一口天津话，音节急促，抑扬顿挫，嘎嘣脆，连珠炮似的。那语气，却不知是埋怨，还是炫耀，好像全然没有什么目的。天津人嗓门儿大，平常说话也跟吵架似的，一说就是一大套，似乎生怕人家怀疑她的口才。

江石爱听这天津味儿。当导演的嘛，对生活中的语言有一种职业性的探寻乐趣，他常常感到电影、电视中的人物一律用标准的普通话不够味儿，使一些戏失去地方色彩，所以每当遇上天南海北的人，总爱听听他们的南腔北调，四川话、湖南话、广东话、上海话、胶东话……当然还有天津话，江石都能瞎搭呼一气。今天既然高迈不在家，他也就索性跟李金镯聊聊，就接茬儿问她：“做透明皂有什么窍门儿？我特别爱使透明皂，晶莹透亮、清香淡雅、碱性适度、老幼咸宜啊！”

李金镯笑着说：“我们厂的广告，你都会背了！说真格的，也没吗窍门儿，就是油炼得纯，漂得净，再就是——你可别说出去，这是技术机密：里头搁上点儿冰糖，这透明度就出来了！”

江石哈哈大笑：“原来是这么回事儿？我不费吹灰之力就把机密搞到手了！以后就不干导演这个苦差事了，领个执照当个体户，专门生产透明皂，保证赚大钱！”

李金镯说：“我给你当技术指导，三七开分红，我拿大头儿，你拿小头儿，怎么样？”

江石说：“好，一言为定，我就靠你发财了——透明皂大王！”

李金镯咯咯地乐。

两人这么样儿你一言我一语地逗闷子，跟说相声似的，高迈在书房里边听着，越听越憋气。没心没肺的娘儿们，你跟他瞎扯什么？他一个堂堂的导演能去卖肥皂吗？那是拿你耍笑着玩儿呢！怎么，你还乐？知道他是穷开心，你还跟着他耍贫嘴？不自重，不自爱，忘了自己的身份！你现在不是在那个破香皂车间里，想说什么就说什么，工人一个比一个的野，什么玩笑都敢开，什么粗话都敢说，男男女女，打打闹闹，你们班长还和女工摔跤，扭打着满地滚，沾一身皂粉子！你是在家里，是一位作家的夫人，来来往往的客人都是文人雅士、社会名流，你扯做肥皂的事儿干什么？真他妈的三句话不离本行！唉，也难怪，你也就这点儿能耐，除了做肥皂，你还懂什么呢？文学、艺术，你一窍不通啊！

遗憾的是，他在里边儿干着急，却无法遥控外边儿的李金镯和江石。李金镯甚至还觉得挺得意呢，她不是正在“牵制”江石、“掩护”高迈吗？谁说她不懂艺术？不会演电影，看总是看过的！电影里常有这样的事儿：妻子在门口望风、和特务纠缠，丈夫在屋里发电报、烧文件。大镯子文化低，帮不上高迈创作上的忙，能替他糊弄客人就不错了。

江石跟她扯了一阵“透明皂”，还不走，屁股像生了根似的，稳稳地坐在那儿，端起茶杯“哧溜哧溜”地喝，就跟八辈子没喝过茶似的，上这儿解亏心来了。

李金镯问他：“喝出味儿来了吗？你猜这是吗茶？”

江石咂咂嘴，眯着那一双本来就很小的眼睛，抖着八字眉说：“不用猜，这是庐山云雾茶！”他有意模仿着李金镯的天津腔，把“这”说成“介”，把“茶”说成“擦”。

书房里，高迈一皱眉头，心里挺不是味儿：江石这小子嘴欠，不该拿人家的口音取笑！常住北京的人都知道，北京人的地方观念最强，把北京口音视为正宗，除此以外的任何方言，不管南蛮北侉，一律贬之为“怯话”，左道旁门一般看待。在公共汽车上，外地人问路，售票员常常待搭不理；在商店里，外地人买东西，很难受到“百挑不厌”的待遇；在单位里，外地人也会被北京籍的同事捕捉住一些不标准的发音而被嘲弄。这也是无可奈何的事，国家规定普通话以北京语音为基础嘛！不过，上述种种，本意都不在于推广普通话，而是北京人由于久居天子脚下的古都而产生的优越感。高迈久居北京，又以语言文字为职业，自然深知这种北京人的地方性心理，连他本人都未能免俗，对自己的妻子在北京生活了这么些年却改不掉一口天津腔而遗憾。现在，江石却偏偏跟李金镯学天津话，虽未必有什么恶意，也让高迈听着刺耳。

李金镯却毫不在意，江石那夹生的乡音，她听来还挺亲切的呢！

“你这人真哏儿啊！”李金镯笑道，“喝茶还是个行家！告诉你，这庐山云雾茶可不是一般人喝得着的，那么高的山，云山雾罩，出好茶叶！越是好东西，产量就越低，每年就采那么一点点儿茶叶，根本不卖，专门给首长和名人上贡！咳，我们高迈这几年不也是出了名了吗？隔长不短地就有人来巴结他，拍他的马屁，这茶叶——”

透明皂大王在这儿又大谈起茶经，那边儿高迈暗暗叫苦：真他妈的“贫汉骤富，露出措大本色”，这点儿茶叶也值得吹嘘？吹嘘也得看看对象，怎么偏偏对江石吹？

高迈在里边儿发恨刚发了一半儿，李金镯在外边儿吹牛也刚吹了一半儿，话茬儿就让江石给接过去了：

“这个拍马屁的就是我！我去年在庐山拍《白鹿洞书院》的时候，朋友送我一点儿茶叶，我分了一半儿给高迈，别吹了您哪！”

“哟！”李金镯不好意思地笑了，“我倒是当着孔圣人的面儿吆喝《百家姓》了！”

书房里的高迈发出一个无声的叹息。

李金镯对江石说：“茶叶是你的，你放开肚子喝，管饱！”

江石倒不喝了，放下茶杯，站了起来。

李金镯以为他要走，就做出送客的架势说：“不吃了饭再走？”

江石笑着说：“等哪天我带着茅台、烧鸡来上贡，再在这儿自个儿吃自个儿送的礼吧！”

说着，并不走，却站在沙发旁边的书柜前头，瞄着那一排一排的书，挨个儿瞅书脊上的书名。

李金镯猛然记起丈夫关于“概不外借”的嘱咐，自己身上还负有看守图书的使命，就对江石说：“他这书……”

江石接茬儿说：“这书真不少啊！”顺手去拿三卷本的新版《金瓶梅词话》，“这书我借去看看，外边买不着，内部出的，只卖给作家！”

李金镯怦然心跳，心说：甭管内部外部的了，什么书也不能让你拿走！心里一急，就伸手拦住说：“这书不能借！”

江石以为是怕他外传，就解释说：“我自个儿看，保证不再借给别人，还不行吗？”

李金镯心说：拦的就是你，你的脸比别人白？高迈有话，概不外借！可是，这么脸对脸的，她不好把这话明说，一时急中生智，找了个理由：“这书我正看着呢！”

江石倒是吃了一惊：大镯子在研究《金瓶梅》？真是近朱者赤、近墨者黑，透明皂大王受高迈的影响不浅哪，竟然涉足目前作家队伍的热门课题了！不由得刮目相看，挺认真地问李金镯：“噢，你倒走到我的前头了。依你看，这次出的‘洁本’怎么样？删去了那么多内容，影响不影响原著的风貌？”

李金镯根本不知道他说的是什么玩意儿，只好听话听音儿，跟他胡纂：“那可不！掐头去尾，只能看个大概其。好比咱们看的外国电影儿，铰得一轱辘一轱辘的，都接不上茬儿了！”

她这儿胡纂，无的放矢，江石却硬往《金瓶梅》上安，对号入座，还真觉得她说得有理。因为江石是主张《金瓶梅》照原样出版，不必删节的，李金镯恰恰是希望外国电影不要“铰得一轱辘一轱辘的”，由此及彼，互相印证，观点明确，江石点头称是。

江石又问：“里边的人物刻画怎么样？你喜欢哪个人物？”

李金镯蒙了，她根本不知道书里写的是张三还是李四，没法儿回答，就绕了个弯子：“我还没有看完呢，等看完了再跟你讨论！”说着，就手把三本《金瓶梅词话》复归原位。

“别价！”江石说，“我先看第二本行不行？等你看完了第一本，咱再交换！”

李金镯说：“不行，我三本一块儿看！”

江石挺纳闷儿，眯缝着眼问她：“这上、中、下三本你总得看完一本再看另一本，三本一块儿看，怎么个看法儿？”

李金镯说：“我每天三本都看点儿。”

江石扑哧乐了：“哎呀我说大镯子，天底下有你这么看书的吗？你当这是三碟儿菜呢，一碟儿糖醋鱼，一碟儿白斩鸡，一碟儿溜肉片，你每样儿都吃点儿？”

李金镯没辙找辙：“那可不！”

江石乐得小眼睛眯成一条缝，八字眉乱颤悠，心说：这娘儿们真会瞎掰！他索性也不借书了，也不走人了，重新往沙发上一坐，慢悠悠端起茶杯：“大镯子，你这三碟儿菜都吃了多少了？我想见识见识！”

李金镯没词儿了。

书房里，高迈都快气死了！此刻，他手里要是有一支枪，准能一怒之下把老婆毙了！

事不宜迟，救场如救火，高迈倏地拉开门，只一步，就已经跨进会客室。

李金镯吃了一惊，脸腾地红了，喃喃地说：“哟，闹半天你在屋，我还跟老江说你出去了呢！”

高迈心说：我要是真出去了，谁给你解围？洋相非出够不可！可是当着客人的面，他没法儿训斥妻子，只好压着怒火，故作惊讶地冲江石说：“噢，江兄别来无恙？不知大驾光临，有失迎迓，抱歉，抱歉！”

江石并无责怪之意，只觉得好笑，嘻嘻哈哈地朝高迈说：“算了吧你！我来了这么半天，你会不知道？躲在屋里唱空城计，让大镯子跟我云山雾罩！”

李金镯抱怨地瞪了高迈一眼："为了写那个缺德剧本，忙得他六亲不认了！"

这一来，让高迈抓住了理，朝江石说："缺德剧本是给缺德导演写的，顾了聊天就顾不了写，我是怕误了你给的期限！"

江石笑着说："这么说，我还得感谢你的闭门羹！哎，大作家，本儿写得怎么样了？"

高迈坐在他旁边，叹了口气，说："费劲！我好像是在沙漠里打井，掘了好几丈深，还找不到泉眼！"

江石一愣："哦，怎么回事儿？"

高迈又是一声叹息，抬眼看了看呆站在旁边的李金镯说："你还不做饭去？老江中午在这儿吃。"

"哎。"李金镯终于领到了自己得心应手的差事，就像得了赦令似的，转身就往外走，在会客室门口又站住了，回过头来请示高迈，"有鸡，有鱼，有啤酒，再炒点儿素菜，行了吧？"

高迈朝她挥挥手："你看着办吧，这还用跟我商量？"

李金镯果然身手不凡，饭菜很快就做好了，在门厅里摆满了一桌子，挺丰盛的。

高迈和江石边吃边谈，李金镯在旁作陪，兼负女主人和服务员的双重身份，斟酒布菜，不亦乐乎。

江石不客气地啃着一条鸡腿，问高迈："剧本的难处在哪里？"

高迈慢慢地喝着啤酒，说："说难也不难，依据现成的史料素材，把司马相如和卓文君的故事结构成一个剧本，是很容易的。问题是，我不甘心走老路、烫剩饭，把人家在戏曲舞台上演了多少年的戏，去掉唱段，加点台词，搬到电视屏幕上去。那样做，就用不着我了，你随便找哪个剧团，让他们照老本子演，你在镜头上鼓捣鼓捣就行了。当然，你不会甘心这么省事儿，所以才来找我。我呢？也不贪图你们那点儿稿酬——你们电视剧的稿酬比起电影和小说来简直低得可怜——我是想搞出一部真正能称得上艺术品的电视剧来。难！历史题材的作品尤其难！难就难在故事是旧的，作品却应该是新的，有新的发现、新的追求、新的创造。否则，人们就不看了。古人都已经死了，戏是给今人看的，要让今人认可，要有今天的时代感。”

江石嚼着鸡腿说：“不，要有历史感，要准确地再现剧中的那个时代。”

高迈说：“这是不可能的，任何人也做不到。历史已经成为历史，无法再现。古人的生活方式、思维逻辑、道德观念，乃至一些日常生活的细节、语言特色，都大大不同于今天，如实表现，就像把未经翻译配音也没有中文字幕的外国影片拿给中国观众看，听天书似的，不懂！比如，曹操的‘东临碣石，以观沧海’，这‘海’字，古音念成‘米’，你在戏里要是这么念，就成了‘外语’了！何况，更有许多东西已经被历史湮没，无从查考了，你怎么‘准确地再现’？所谓历史感，实际上是今天的人立足于今天的时代去认识历史。历史，不属于死人，而只属于活人，永远是活人心目中的历史，如果有朝一日，地球崩溃，人类灭绝，历史就不存在了！”

李金镯又打开一瓶啤酒，给他们倒进喝空了却忘了添酒的空杯子里，嗔怪地说：“喝！吃！你们这是胡扯的吗呀？地球崩喽，就吗也吃不上喽！”

高迈瞥了她一眼：“地球崩溃之前让你一个人迁到月球上去，那儿还有兔子肉炸酱面给你吃！”

李金镯吐吐舌头说：“我可不去，要死咱们一块儿死！”

江石笑着说："你看，大镯子对你的爱情多么坚贞，海枯石烂不变心啊！"

高迈喝了一大口啤酒，长长地嘘着气说："是啊，永恒的主题！多少人为这'爱情'二字讴歌，可爱情到底是什么呢？好像只是艺术作品中的虚构和想象，搞得很神圣；而在现实生活中又变得很庸俗，爱情成了婚姻的同义语，男大当婚，女大当嫁。嫁汉，嫁汉，穿衣吃饭！——哎，吃啊，吃啊！"

江石摇摇头，不以为然："照你这么看，《凤求凰》该怎么写？难道卓文君跟司马相如私奔是为了穿衣吃饭？她爸爸那么大的富翁还养不起一个女儿，她非得自个儿去当垆卖酒混碗饭吃？"

高迈说："古人又作别论，我说的是今天的人。"

李金镯不高兴了："你别鼓吹'今不如昔'！今天的人怎么了？我当初嫁给你，贪图你的了吗？一个'臭老九'，四十六块钱的工资，还不如我呢！"

江石拿筷子指着李金镯，眼瞅着高迈说："一个活卓文君！老兄，你可以写一个大镯子式的卓文君嘛！仔细挖掘一下当初你们从相识到相爱的心理过程，人物就活了嘛！"

高迈差点儿喷饭！心说：饶了我吧，你！我给她弹《凤求凰》？

有一美人兮，
见之不忘。
一日不见兮，
思之如狂。
凤飞翱翔兮，
四海求凰。

无奈佳人兮，
不在东墙。
将琴代语兮，
聊写衷肠。
何日见许兮，
慰我彷徨。
愿言配德兮，
携手相将。
不得于飞兮，
使我沦亡！

这便是当年司马相如拜见文君之父卓王孙时弹唱的一曲《凤求凰》，卓文君隔帘而听，怦然心动，遂生爱慕之情，毅然与其私奔。

这和高迈、李金镯的罗曼史有多少关系？

“大镯子，给你招了个徒弟！”香皂车间机器班的班长刘利华这么嚷嚷着朝李金镯的搅拌机走过来了。刘利华，是个男的，却起了个女里女气的名字。他说不然，《三岔口》里的客店掌柜的也叫刘利华，一身好武功，鼓上蚤时迁一类的小花脸英雄。今人的名字古已有之，古人的名字今人接着用，这也是“历史是活人心目中的历史”之一小小的佐证。机器班班长刘利华是个四十七八岁的糟老头子，干瘦，虾米腰，鹰钩鼻，一脸黄胡茬子，眼珠也是黄的，松皮耷拉的脸上每边好几条皱纹，嘴里还有一颗金牙，也不知是什么年头儿镶的。

刘利华给李金镯带来的“徒弟”就是高迈。

“吗徒弟？在哪儿呢？”李金镯站在搅拌机后边的高台子上，可着嗓门儿嚷嚷。机器的声音太响，不这么嚷嚷谁也听不见谁说的话。

刘利华指着身后的高迈说：“这不吗？给你个有力气的徒弟，往后，你这当师傅的就省点儿劲儿啦！”

李金镯往刘利华的身后一瞥，这才瞅见了那个白面书生，原来这就是她将来的“徒弟”，刚才她还以为是外边来参观的呢，没注意。这会儿一看，徒弟比师傅还大，他大概二十四五了吧？细高挑儿，漫长脸儿，戴副眼镜儿，穿着咖啡色的四个兜儿的军便服。那年头，男人的外衣只有军便服和中山装两种，灰、黄、蓝三色占绝大多数，高迈的一身咖啡色就显得有点儿特别了，多少带出点儿知识分子的味道。

李金镯不知为什么心里有点儿发慌，糊里糊涂地摁了一下绿键，搅拌机停了。

“师傅！”高迈挺拘谨地叫了她一声。

李金镯不好意思了，赶紧说：“叫吗师傅不师傅的？我也是学徒工，咱俩一块儿凑合着干吧！”

刘利华说：“哎，学徒跟学徒不一样，上边交代了，他是来接受工人阶级再教育的。交给你啦，大镯子！”

刘利华走了。

高迈怯生生地看着他的师傅“大镯子”。这姑娘虽说个儿不矮，穿着工作服，戴着白帽子，挺像个工人阶级的样子，论年纪却不过只有十八九岁，说一口老里老气的天津话，叫那么个古怪的名字“大镯子”，小大人儿似的，真逗！

李金镯也怯生生地看着她的徒弟。

“哎，你打哪儿分配来的？”她问。

“外语学院。”他答。

“吗？外语学院？”她觉得奇怪，“外语学院也有制皂专业？”

“没有，”高迈说，“我学的是俄语。”

“那分配到这儿来干吗？”她更加不理解了。

“学的没用，来当工人，接受再教育。”高迈说。

沉默。高迈心中茫然，李金镯为他惋惜。

愣了半天，李金镯才说：“我想上大学没上成，你上完大学又白扔了。初中毕业的做肥皂，大学毕业的还是做肥皂，乌龟跟兔子赛跑，我倒跑到前头了，你说邪门儿不邪门儿？”

高迈被她逗乐了。这个小嘎嘣豆儿师傅还挺有意思的！

高迈就留在她手下了。

她带着高迈去领工作服、帽子、手套、胶鞋，帮他挑“经拉又经拽，经洗又经晒，经蹬又经踹”的，不要“再生布”的，保管员爱欺生，有姑奶奶在，甭想打马虎眼！

她手把手地教高迈干活儿。

“这是什么？”

“这是皂片！你瞅着跟刨花似的？跟富强粉揪片儿似的？咳，这就是皂片，是咱的料，打那边儿送过来，在传送带上就烘干了，咱把它装到搅拌机里去！哎，别用手抓，跟乡下柴火妞儿抱柴火似的，咱是工人阶级，使大筢子搂！您瞅着这筢子好玩儿？铁的！像不像猪八戒使的那玩意儿？”

“这是什么？”

“这就是搅拌机，咱们要手艺的家伙！你瞅，这机器其实没吗，就是个大铁槽子里装个铁麻花。这儿是开关，一摁绿键，就是关，一摁红键，就是开，你瞅，铁麻花转了，皂片也跟着翻腾起来了，这边儿下去，那边儿上来，就像个瘸子掉到水里，临淹死之前那么乱蹬乱踹！”

“这是什么？”

“这是灵丹妙药——香精、颜色啊吗的。开搅拌机没吗技术，关键就是配料。你瞅，香精搁多少，颜色搁多少，都有精确数字，拿量杯量。姑奶奶不是多少喝过点儿墨水吗？这方面儿从来没出过差错，给刘利华狗脸上贴金了。哎，你瞅，这兑色儿还有讲究：单搁红的，白皂片一拌出粉红；再兑点儿黄的出肉红；单搁绿的，出翠绿；再兑点儿黄的，出嫩绿；红的兑蓝的就出藕荷色儿了。吗？你说像画画儿的？我觉得倒像炒菜的，往这口大锅里搁点儿油、盐、酱、醋、葱花儿、味精、料酒……”

高迈腼腆地一笑。

“你觉得挺有意思吧？咱姐儿俩一块好好干！”李金镯说，口气像个大姐姐似的。高迈热爱她这项工作，这使她很高兴。

其实，高迈一进车间心里就凉了，这些简陋的设备和机器，半手工业式的操作方法，引不起他丝毫的兴趣。他的兴趣根本不在这里，哪怕这儿是造火箭的国防尖端厂子也一样，何况这儿是造肥皂！俄语系出来的高迈，本来应该进制造精神产品的“工厂”，经过他的手，把那些文学大师的作品翻成中文，果戈理、契诃夫、陀思妥耶夫斯基、托尔斯泰……可是，命运让他来造肥皂，唔，是香皂。香皂又如何？红的、绿的、蓝的、紫的！他之所以耐心地听她讲解，看她表演，并且报以腼腆的微笑，完全是因为她这个人，这个如此年轻却又如此老练的小师傅，这个性格爽朗、语言幽默的小姑娘，她简直具有语言艺术大师侯宝林的魅力，不动声色地带给人会心的微笑！

为了报答她给予的这点儿乐趣，他也得好好干。他疯狂地抡着大笆子搂皂片，仿佛自己真的在扮演猪八戒似的，那九齿钉耙狠狠地砸下去，每一家伙都把小山似的皂片挖一个坑，皂片哗哗地往下流，变成奇奇怪怪的形状，像托尔斯泰的大胡子，像陀思妥耶夫斯基阴郁的面孔，一会儿又都不见了，像随着流水消逝的一摊泡沫，他的心里涌起一种幻灭感，为了驱散心头隐隐的痛楚，他继续疯狂地举起大笣……

身后伸过来一双手，抓住了大笣子的铁杆。“慢着，伙计！饭要一口口吃，活儿要一点点儿干，这儿累死人不偿命，你歇着，我来！”

高迈猛然回过头去，他看见了一张美丽的脸，红扑扑的，汗津津的，在四周白茫茫的皂片包围之中，那张脸像冰雪中的一朵山茶花！他觉得奇怪，从来也没有这样注意地看过李金镯的脸，这张脸，过去在他的眼中仅仅是健康和友善，而现在觉得，完全可以称得上美丽！

在他愣神儿的时候，大笣子被李金镯接过去了，山茶花消失在冰雪之中。

“大镯子！”刘利华在叫。

“你咋呼吗？”李金镯转过脸来，擦着汗。

刘利华朝高迈努努嘴：“让他干，小伙子有的是力气！这抡大笣子根本不是女人干的活儿！”

李金镯朝他笑笑：“头儿，你才想起来说？这活儿姑奶奶干了三年啦，练出来啦！”

刘利华走过去，哧地一笑，露出嘴里的那颗金牙，拍拍她的肩膀说：“你真傻，我这是心疼你！”

李金镯肩膀一歪，用大笣子的铁杆把那只搭在肩膀的手撞开，“姑奶奶不领情，有这份孝心，回去心疼你家老太太去得啦！”

刘利华哼了一声，走了。

“你的嘴真不饶人！”高迈说。

李金镯说：“这老小子不能饶了他，他踩着鼻子上脸！”

“其实你不必为了我而得罪他，我多干点儿力气活儿没什么，接受再教育嘛！”高迈说。

李金镯说："接受他的教育？越学越坏！你瞅，又在那边儿坏上了。"

高迈回头一看，那边的打印机停了。这道工序一停，前边的出条机也停了。

高迈说："怎么回事儿？停电？"

李金镯说："灯还亮着，停吗的电？他是想玩儿会儿，领导来了就说机器坏了，得检修！"

"咱们呢？"

"咱们也'检修'，歇会儿！"

高迈觉得挺新鲜，他不知道工厂里的八小时工作制还有这么灵活机动的战略战术。

他们俩就坐在搅拌车后边的高台子上休息。

高迈从兜里掏出一本书，翻到夹着纸条的一页，往下看。

李金镯说："你看的吗书？"

高迈说："小说，俄文的。"

李金镯挺吃惊："俄文？你怎么还看苏修的书？"

高迈笑笑说："俄文就等于苏修？你没看见天安门广场两边的那四位老人家吗？马、恩、列、斯，说俄语的占一半儿呢！"

李金镯没词儿了："还是你的嘴厉害，我说不过你。不过，你留神别让那小子瞅见，咱这儿上班干吗都行，就是看书不行。"

高迈连忙把书合上，抬眼望着刘利华。

那边打起来了！刘利华抱着一个中年女工在地上打滚儿，嘴里骂骂咧咧，别的人嘻嘻哈哈在旁边看热闹，还喊着："加油！加油！"

高迈吃惊地说："他们……这是干什么？"

"娱乐！"李金镯撇了撇嘴，"这些女工都让他当猴儿耍，他想要谁就要谁！”

“……”高迈无言地张大了嘴巴。

刘利华在一阵哄笑中站了起来，得意地掸着身上的皂粉子。被他摔倒的那位女工也在咯咯地乐，似乎完全没有什么羞辱与气愤之类。

刘利华喘息着说：“怎么样？我，刘利华，扁担打得它开了花，煮熟的豆腐也叫它生芽！”他瞟着周围的几个女工，“谁不服，接着来！”

“流氓！”高迈鄙夷地骂了一句。

刘利华这小子后脑勺上也长眼睛，他突然转过身来，朝高台子上嚷：“大学生！你刚才说什么？有本事，下来练练！”

“什么叫‘练练’？”高迈问李金镯。

李金镯说：“就是跟你打架……”

高迈有些慌：“打架？我……”

李金镯捅捅他的腰：“别怕他，这小子欺软怕硬，你一硬他就软！他就会在娘儿们堆里逞威风，没真本事！”

高迈被刘利华一激，又被李金镯一挑，只好扔下手里的书，站起来，走下工作台：“练练就练练！”

刘利华捋胳膊卷袖子，也迎过来了。

那些女工的精神头儿为之一振，要看这二雄相争！

“慢着！”李金镯喊了一声，走了过来，手里提着那只大铁筢子，递给高迈，“拿着咱的家伙！”又瞅着刘利华说，“咱把话说在前头，打死人不偿命！”

刘利华一愣，连连后退：“慢着，慢着……”

一场激战就这样没开场就结束了。

李金镯哈哈大笑，那些女工也跟着笑。

高迈似乎成了英雄。其实，他攥着铁筢子把儿的手心里满是汗！

一阵虚惊之后，他无力地坐在台子上大口地喘气，早把刚才放下的那本俄文书忘了，事后再找，不知去向。

两天之后，高迈被厂革委会政工组组长叫到办公室去，那本书奇迹般地出现在政工组组长的桌子上。

“知道你的问题是什么性质吗？”政工组组长突然问他。

“……”高迈无语，心里纳闷儿，又有些紧张，他在琢磨这本书的来龙去脉，在考虑对策，担心有理也讲不清。

政工组组长掂起那本书，摇晃着说：“工人阶级最爱读毛主席的书，你呢？手不离封资修黑货，还把它带到车间里去，想放毒吗？”

“……！”高迈吃惊地望着政工组组长严肃的面孔。

门突然被推开了，李金镯一阵风似的闯了进来。

政工组组长不耐烦地看了她一眼：“你来干什么？这儿没你的事儿！”

“哎，别价！”李金镯说，“他是我的徒弟，师徒如父子，有什么差池，都是我教育得不够，找我好了！”

政工组组长把那本书啪地摔在桌子上，“这也是你教他的吗？”

李金镯吐吐舌头：“这事儿？得找祖师爷，您问问列宁、斯大林得啦，他们都是俄文专家！”

政工组组长发火了：“严肃点儿！怎么能拿革命导师开玩笑？”

高迈却镇定了，身边有他的小师傅在场，他的心不慌了，思绪也理清了，对政工组组长说：“不是开玩笑。这本书是高尔基写的《母亲》，俄国最早描写无产阶级斗争的小说，受到列宁的高度赞赏，说这本书教育了一代革命者……”

李金镯没等他说完就乐了，朝着政工组组长咯咯地乐！

他们带着那本俄文书走出了政工组组长办公室。

李金镯轻松地舒了一口气："幸亏这书是无产阶级的……"

高迈说："根本不是，这是果戈理的《死魂灵》，反正他也不认得俄文！"

李金镯得意地笑了："你也学会滑头了！嗯，将来一定会有大出息！"

一年之后，他们结婚了。论年龄，李金镯还不够晚婚的标准，可是那时候有一条通融的政策：男女双方的年龄加起来满五十岁即可结婚，她沾了高迈的光，高迈比她大。他们的小家庭安在女方的家里。李金镯的父亲是"文化大革命"前夕调来北京的，制皂厂需要老技术工人，就全家从天津迁来了。独养女儿招上门女婿，高迈到李家入赘。他自己的父母都被发配到外地干校去了，在北京没有家了。

新的家庭给了高迈温暖。在厂子里，年轻的妻子则成了他的保护人，那种视知识分子为"臭老九"的年月，竟然也没有人再找高迈的什么麻烦，他渐渐成了一名熟练的制皂工人，紧张的体力劳动和灵活机动的战略战术相互交替，这种生活也不无乐趣。

十几年过去了。刘利华老了，离退休不远了，由李金镯接替了班长职务，香皂车间的机器照样转动，照样生产各种香型的香皂，除了牌子的翻新和工人奖金的恢复外，似乎也没有多少变化，只是每个人都老了十几岁，李金镯已经从当年的小嘎嘣豆儿跨入中年了。

高迈的变化天翻地覆，粉碎"四人帮"不久他便离开了制皂厂，成了专业作家。说起来，成功出于偶然。1976年之后，被十年浩劫洗刷得一片空白的文坛上，突然冒出了许多过去不知名的作家，不管是教书的、插队的，还是当工人的，一篇文章打响，便出人头地。高迈想有所作为，却深深地叹息，他的俄语还是用不上啊！现在，日语、英语都成了热门货，电视教学、翻译片、畅销书……沸沸扬扬，唯俄语仍在冷落之中，要想翻译点儿苏联现代小说，连原版书都难以找到！看他愁眉苦脸的，李金镯无意中说了一句：“干吗非得翻译人家的？你自个儿不能写吗？在制皂厂卖了十几年苦力，还不够一篇小说的材料？”

一句话点醒了梦中人，高迈提笔理纸，十几年酸甜苦辣，如泉水般涌上心头，他写啊写啊，写出了平生第一篇短篇小说，牛刀小试，竟然首战告捷，一举成名！

他们搬出了岳父母家拥挤的宿舍，住进了新楼，家中的一切迅速地更新。高迈跨入了一个全新的领域，以文坛新秀的身份活跃在上流社会之中，创作会、笔会、座谈会、茶话会、宴会、舞会……应接不暇，约稿、拜访、会见、接见……夜以继日。他的才能像积蓄了多年的水库，一旦倾泻出来，无遮无拦，浩浩荡荡，洋洋洒洒，十年不到已写了近百万字，书柜中并排六七本新书都印着高迈的名字。感谢时代，感谢命运，感谢文坛伯乐。高迈对一切该感谢的都感谢了，唯独忘记了感谢生活，感谢历史。如果他身边不至今保留着这位开搅拌机的妻子，历史本可以割断了。

然而历史是割不断的，历史老人在作家的家里派了一位常驻代表李金镯，时时提醒高迈和他的文友们，使他们无法忽略过去的岁月，好像在高迈的脸上打了个肥皂模子似的烙印。

“历史是活人心目中的历史”，一点儿不错，有多少个活人，就有多少部不尽相同或者完全不同的历史，哪怕是刚刚发生在昨天的历史，在高迈和李金镯的记忆中也是不同的。

关于《凤求凰》的谈话难以继续，高迈和江石便把主要精力用于吃喝，对话越来越少了。高迈吃得很少，只不断地喝啤酒，闷闷的。大概由于李金镯的在场吧，他怕她瞎打岔，在江石面前再出洋相。他希望他的妻子被别人尊重，而不是被嘲弄。这也是人之常情。

李金镯心疼地望着闷闷不乐的丈夫，试探着说："活人也别让尿憋死，这个题目不好写，就不能写写别的？好比咱们造香皂，这个牌子卖不动，咱换个牌子就打通了销路……"

高迈的酒喝到了极限，气也憋到了极限，眼睛红红地瞪着李金镯说："行了，行了，你就说到这儿吧！"

江石好觉没趣，默默地腆着胖肚子站起来，在桌子上留下一大堆鸡骨头、鱼刺。

李金镯垂下眼皮，收拾桌子。忽然朝江石说："老江，你说，是当作家好，还是卖苦力好？"

好容易有人搭理江石，他审慎地问："此话怎讲？夫人！"

李金镯叹了口气："我说还是卖苦力好。他跟我开搅拌机那会儿，我还能看见个笑脸儿！"

第二章　活得好好的，怎么想到了死？

花开两朵，各表一枝。关于高迈和李金镯这一对夫妻之间的烦恼，我们不妨先放一放，暂且把注意力从他们的这个安静却不安宁、舒适却不舒心的家庭移开，从这座邻近交通干线的高层住宅大楼移开，穿过几条马路，跨过大片民房，随便走进一条小胡同去看看。

黄昏时分，夕阳把金黄色的温和的光洒在这些砖瓦平房上，使平淡的灰色活跃起来，错落的房脊起起伏伏，犹如丘陵地区的一座座小小的峰峦。瓦棱上跳动着一根根弧形的金线，瓦垄之间的阴影在慢慢地扩大。一缕缕淡蓝色的炊烟从房檐下徐徐地升上来，在空中飘散，与房前屋后的洋槐花、梧桐花、牵牛花、草茉莉花的香气相混合。

胡同里有许多人在走动，南来北往。步履匆匆的是由此穿行的过客，或是提着沉甸甸的网兜的妇女；或是空手挽着小伙子胳膊的姑娘，牛仔裤下的高跟鞋咚咚地敲着路面响过去；或是一面按铃一面在人缝里朝前挤的自行车，这里车与人可以混行，还可以骑车带人，没有交通警察找“麻烦”。步履蹒跚的才是这里的住户，或是一个老头儿慢慢地推着竹制的婴儿车走过去，车里一头堆着青菜，一头坐着个嘴衔指头的娃娃；或是一个老太太端着一只土簸箕走出来，望望行人，朝那一排绿漆垃圾箱走去。墙根和路面都已沉在阴影里，只在人们的上半身闪着煌煌的斜晖。

一个男人蹬着自行车往北赶。他就住在这条胡同，却并没有在自己的家门口下车，一直往北赶，急急的。

从胡同的尽头再往西拐入另一条胡同，在一群人停着的地方，他下了车，支起车子，往人群里挤。他舒了口气，人群挤在这里，说明他并未迟到。这是些天天见面的人，却彼此都不知姓名，也不大说话，早晚聚首一次，匆匆而来，又匆匆而去，大家的目的是一样的。他们都眼巴巴地望着两扇漆成朱红色的门，等着打开，如同探监的人们等待着允许进入的时刻。

门打开了，人们鱼贯而入，争先恐后。少顷，便各人领了一个男孩或女孩出来，一边走，一边问："今儿晚饭吃的什么？""中午睡午觉了吗？""跟小朋友打架了吗？"

那男人也把自己的三岁小女儿抱了出来，把她放在自行车前头的儿童加座儿上，推了几步，便抬腿跨上车，熟练地从人群中穿行着，扬长而去。他必须立即赶回家，家里还有人等着他。

此人姓何名泉，三十六岁，在附近一家商场工作，初为售货员，因为性情温和，待客热情，又手脚利索，账目清爽，不久便被领导改任为采购员，与各厂家打交道，信息灵通，货源充足，工作做得极有成绩。采购员是一项灵活的职务，来来往往，跑跑颠颠，没有明确的上下班时间概念，这也正好给何泉带来一点儿小小的方便，商场晚七点关门，他却可以五点多钟就去幼儿园接孩子，否则，这将是个难题。

何泉带着女儿珊珊驱车回家，进门楼的时候和街坊马大妈打了个招呼，马大妈告诉他，儿子亮亮已经背着书包坐在屋门口等他了。

"今天老师留作业了吗？"

"留了。"

"多吗？"

"多。"

"吃了饭再做作业吧，你先跟珊珊玩会儿，我做饭。"

何泉一边和儿子说话，一边把门打开。珊珊进屋就直奔床底下，找她那一堆杂乱无章的玩具。亮亮把书包扔在桌子上，"珊珊，来，我给你叠一个美国兵的船形帽！"

何泉已经开始了紧张而又井然有序的操作。自行车的后座儿上有捎带买好的菜、肉，取下来，飞快地择净，洗了，放在案板上，先细细地切碎，然后当当地剁起来。

"爸，吃饺子啊？"亮亮问。

"不，包肉龙，"何泉说，"饺子太麻烦了，我一个人包不过来。"

"我妈怎么还不回来？"

"别指望她了，她忙，哪天不是回来吃现成的？"

"还是爸爸好！"亮亮说。

何泉笑笑："别尽说好听的了，你小子什么也帮不上我，一句好话哄得我团团转，给你们当奴才！"

亮亮在方桌上抖落着书包，开始做他的作业，头也不抬，咯咯地笑着说："爸爸怎么老说自己是奴才，跟电影里的那个李连英似的！"

何泉揉着面说："差不多，你妈是垂帘听政的老佛爷！"

珊珊戴着纸叠的船形帽，磨蹭在他身边撒娇："爸，我要喝橘汁儿水！"

何泉努努嘴说："我手上有面，让哥哥给你倒！"

亮亮踢皮球似的顶了回来："我还做作业呢！"

何泉鼻子里喷出一口怒气，扔下面团，在围裙上擦擦手，“好，还是奴才伺候你！奴才要是只螃蟹就好了，八只手，什么活儿都包了！”

珊珊撇着嘴，胆怯地翻眼瞅着爸爸。她知道，爸爸只要是自称“奴才”，就是有气了。“爸爸说话不好听，我不喝橘汁儿水了！”

何泉惭愧地叹了口气，做出了笑脸：“爸爸不这么说了，再不说了！”他从小柜子里拿出橘汁瓶，倒在珊珊的专用杯子里，再兑上温开水，“喝吧，珊珊乖！”

三岁的孩子是很容易哄的，珊珊满足地享用橘汁儿水去了。这工夫，何泉的肉龙已经上屉了。

二十分钟之后，暄腾腾、香喷喷的肉龙端上了饭桌。亮亮自觉地收起了作业本。

“吃吧，亮亮！”何泉摆好筷子，说。

“爸，我要看电视！”珊珊扔了船形帽和水杯，嚷起来。

“珊珊真讨厌！你在幼儿园吃饱了，爸爸还饿着呢，让爸爸先吃饭！”亮亮说。

“我等你妈回来，跟她一块儿吃吧！”何泉放下刚刚拿起的筷子，抱起珊珊进了里屋，“来，奴才陪你……”

话刚出口，他就发觉自己走了嘴，停住了。一个男人，干这些婆婆妈妈的活儿就够意思了，别再婆婆妈妈地唠叨了。亮亮说得多深刻？像李连英？一个太监，毫无男子气的男人！

电视里正在播放一部日本的电视连续剧，珊珊看得津津有味。何泉根本没看懂剧情，他的心思不在这儿，他在想，妻子今天怎么又回来这么晚？老是忙！日本的妇女就不这样，她们都不上班，在家里伺候丈夫、孩子，饭做好了端到丈夫跟前，还哈着腰等候吩咐，丈夫说句什么，她就“哈依！”中国和日本正好颠了个个儿，邪门儿！

亮亮在外屋已经吃完了饭，手里拿着个作业本走进来，“爸，这是今天的作文，明天交，您给我看看行吗？”

“作文？”何泉手里抱着女儿，心里想着妻子，脑袋还得贡献给儿子，“你念给我听吧！”

“题目：《我的妈妈》，”亮亮念道，“我的妈妈叫曾平，是一位中学教师，今年三十六岁。她个子不高，皮肤黑黑的，虽然不太漂亮……”

何泉听得不对味儿，曾平在儿子心目中怎么是这么个形象？他瞪了亮亮一眼，打断他说：“一个小孩子，怎么能议论家长漂亮不漂亮？在儿女眼里，父母是最慈祥可亲的人！这样写不行，得改！”

亮亮嗫嚅着说：“老师说，得先写人物的外貌……”

何泉说：“你妈的外貌有什么不好？她头发很黑、眼睛很大嘛，这都可以写！再往下念！”

亮亮跳过去一段，念下面的：“妈妈工作很忙，每天很晚才回家，我和妹妹都由爸爸照顾……”

何泉又打断了他：“你这不是拆你妈的台吗？改！你应该说：妈妈热爱教师工作，一心扑在工作上，把她的学生看成自己的儿女，为教育事业贡献青春，荣获全国模范班主任的光荣称号。重写！”

“哎。”亮亮合上作文本，回去重新做这篇文章，直到他的爸爸看过之后，点头认可，才算完成了任务。

模范班主任曾平回到家里的时候，两个孩子都已经进入梦乡了，丈夫何泉在等她。

“快吃饭吧，饿得够呛了吧？”何泉把肉龙从笼屉里端出来，上面还冒着缕缕蒸气。何泉对妻子的体贴完全达到了日本女人的水平，并且，绝不像在孩子们面前那样自称“奴才”。

曾平大口地吃着，说：“今天回来太晚了，没办法的事儿。明天带学生春游，去樱桃沟，得把准备工作都做好。车子说妥了，一辆大轿子车，坐五十二个学生足够，连我五十三个。从司机那儿出来，顺便到王校长家里坐了坐，他说支部最近要讨论我的入党问题，让我做好思想准备。下星期局里有个会，也让我去参加，还得发言。看来，下一段更忙了。”

何泉说：“忙是好事儿，谁过日子都得有个奔头儿，有图利的，有图名的。你是榜上有名的人了，应该往前奔，不能往后出溜。”

曾平感激地看着丈夫，歉意地说：“就是不能公私兼顾，把整个家都扔给你，你的负担太重了。”

何泉不以为然：“你跟我不同，你有电视大学的文凭，现在是重用知识分子的时候，好好干，有前途。我最大就是个采购员了，又不想当经理，凑合着完成任务就得了，抽空儿多干点儿家务，免除你的后顾之忧吧！我插队的时候什么苦都吃过，身体好，这点儿活儿累不着！”

曾平更加不安了：“人家女同志都是贤妻良母，我算什么？整个儿和你交换位置了，这么下去，你都快变成家庭妇女了。咱俩是成一个，毁一个，为了我，把你给耽误了。要不然，你也可以上上电大什么的。”

何泉笑笑说：“得啦，我胸无大志，不求上进，甘愿为你做牺牲。记得有一出什么戏里说过这样的词儿：爱情，是给予，不是索取！”

曾平动情地说：“你还上升到理论高度了！的确，你给予我的很多，却从没有索取什么。可是，我也应该给予你呀，我给了你什么？”

两人已经吃完了饭，何泉把碗筷收起来，抹着桌子说：“你给了我劳动的权利呀！”

曾平不安地笑了：“你真会说话，挖苦人也挖苦得这么艺术！我来吧，我来吧，你该休息了！”

曾平把何泉手里的抹布抢过来，擦净了桌子，折叠起来，放到一边。然后扫地。

出去倒垃圾的时候，她把湿漉漉的墩布带进来，擦地。

何泉笑道：“大晚上的擦什么地？明天我擦吧！”

曾平一边擦一边说：“不忍心，不忍心！让我也尽点儿家庭主妇的职责吧！”

擦了地，又用湿布擦家具，大衣柜，小衣柜，椅子，床头，电视机架子，衣架，都擦遍。

何泉急了：“都快十一点了，你这是干什么？以后有的是工夫，明天又不死！”

曾平还是不停地擦。“不死才得干呢！我爱这个家，活一天就希望看着它像个样子！你还记得吗，这个大衣柜是怎么买的？”

“记得！”何泉抚着柜子说，“你从互助会借钱买的，一百一十块钱，怕我嫌贵，就骗我说是三十八块买的处理品！要是现在，当然骗不了我，可那时候，我插队刚回来，不知道行情，还真信了。你这家伙！”

“不光是骗你，还骗了我妈，要是让她知道我花了这么多钱买嫁妆，准不干！这椅子是哪儿买的，你还记得吗？”

“记得，在菜市口信托商店。那天我约好了在六路车站等你，老远看见你提溜着一把椅子来了，到跟前一看，还是个外国货，像马克思的椅子似的。我问你多少钱买的，你说四块，恐怕又是骗了我吧？”

“没有，确实是四块，那时候这种旧货不值钱。你还记得咱买过一台收音机吗？”

“怎么不记得？‘长城’牌的，二十七块，只用了一天就又卖了。

唉，只用了一天！一天……”

两个人突然都不言语了，茫然地互相对视着，心里头同时记起了十年前的那一天。

那一天是他们的喜日，两个青年人在这里结成了夫妇。那时候，他们还只有一间房子，十个平方米。刚刚由插队的地方“困退”回城的何泉财产近乎零，唯有这间房子可作资本。他幼年丧母，家中只有一个退休了的父亲，他以照顾父亲为名困退回来，然后，在青海工作的哥哥再把父亲接走，留下房子让他成家立业。家具几乎都是曾平购置的。她本来和何泉是高中同学，又一起插队，以“病退”为理由回城，比何泉早两年。回城后，她侥幸进了母校当打字员，把菲薄的工资悄悄积攒着，等待着何泉的归来。

曾平的全家压根儿不赞成这桩婚事。她父亲已经过世，家余老母、两位兄长和一个妹妹。哥哥们都已成家立业，妹妹曾莉还小，刚上初中。母亲希望曾平能嫁个有出息的丈夫。“何泉连个工作还没有，你们结婚怎么过？只有爷们养活娘儿们，哪有娘儿们养活爷们的？跟他吹了吧，有合适的再找一个，年龄大点儿也不碍事。何泉跟你同岁，模样儿比你年轻，再过几年，你就像他的老大姐了，男人的心活，靠不住！”

任凭她瞎唠叨，曾平自己心里有主意，她和何泉是共过患难的朋友，立过山盟海誓，怎能因为他暂时没有工作就抛弃他？

就在那一天，他们结婚了。

岳母带着全家来到了他们的新居。

“妈，您来了？大哥、大嫂、二哥、二嫂，还有小妹，你们都来了？请坐，都请坐！”何泉跟在曾平的身旁，殷勤而谨慎地迎接他们，那神情，不像是乘龙快婿，倒像饭馆里的服务员。

岳母脸上挂着强做出来的笑容走进这间斗室，两眼挑剔地巡视着室内的一切，如同一位什么检查团的团长，此行的使命是吹毛求疵。

“哟，这大衣柜倒不错，米黄色儿，挺雅致的，比姆们那个红啦吧叽的强！哪儿买的？北京没见过这种样式的？”曾平的大嫂说。

曾平睁着两眼扯谎说：“这是何泉的大哥从青海托运来的，说是出口的！”

何泉在旁边听着，心怦怦地跳。

二嫂用手按着床说：“这床不错，还带弹簧的呢！”

曾平说：“这是老爷子特意为我们定做的，花了好儿百呢！”

何泉心中暗笑：床屉是买的旧货，床架是原来的床改了改腿儿，刷了刷漆。

“这椅子真好玩儿，像马克思坐过的！”小妹曾莉坐在那把旧椅子上，还跷起了两条腿，她和何泉所见略同，也想到了马克思。“哪儿买的？”

“这是四……”何泉想告诉她椅子的底细，却让曾平接住了话茬儿，往下说：“这是四十年前的东西了，他们家老爷子买的外国古董！”

何泉听了直想笑。

“检查团”把每一样东西都做了调查研究，结果，尚表示满意，他们相信何泉花了不少钱，不是白赚媳妇。那时候还不兴罗马尼亚家具、组合柜什么的，好糊弄。

何泉使出了浑身解数招待贵客，滋滋啦啦炒了十几个菜。他的老父亲是退休的厨师，做饭是看家本领。

曾平为他们斟酒布菜，一家人吃得高兴。

“旁的客人呢？”岳母突然问。

曾平说：“都来过了，从昨儿晚上就待客，屋子小，只好一拨一拨地来，你们这是最后一席了。”

“怪不得满地都是瓜子儿皮！”小妹曾莉说，踩得地上哗啦啦地响。

端菜的何泉听得心酸，那瓜子儿皮是曾平有意撒的，造造气氛。其实，他们的婚礼连半个来宾也没有，他们没有钱邀请任何客人，连兜里的钢镚儿都凑在“检查团”的这顿饭上了。谢天谢地，他们吃得还满意。

“来点儿音乐吧！”小妹曾莉瞅见了桌子上的那台“长城”牌收音机，伸手扭开了开关，样板戏乐声大作，使这喜宴更加热烈。

曾平偷偷溜出来，凑在做汤的何泉的耳边说：“你听，你听，收音机里正在唱什么？”

“唔？”何泉想着心事，没听清楚。

曾平轻轻地哼给他听：“众匪徒吃醉酒乱作一团哪……”

何泉突然开怀大笑起来，里边的人不知道他笑什么，只当是人逢喜事精神爽呗！

第二天，曾平就让何泉抱着收音机去卖掉了，他们得吃饭哪！记得是卖了二十九块，比买的时候还赚了两块。

十年前，他们连一台旧收音机都用不起，如今，他们有了电视机。十年前，他们只有一把椅子和四只方凳，如今，他们有了沙发。十年前，他们只有一间房子，如今，住房面积翻了一番，何泉还设法买来了廉价的壁纸，把两间小屋装饰一新。十年前，他们是两个形影相随的青年，如今，他们有了一双儿女，成为四口之家。十年前，曾平养活了待业的何泉，如今，何泉挑起了全家的重担。

“这个家，全靠你！”曾平说。

“没有你，就没有这个家啊！”何泉说。

曾平笑了：“瞧咱们俩，互相吹捧呢！”

何泉也笑了。两人的笑都含着酸甜苦辣。

时钟的指针转到了十二点，两人上床安歇。屋里两张床，曾平陪女儿珊珊，何泉带儿子亮亮。

熄了灯，却睡不着。曾平闭着眼睛问：“睡着了吗？”

“没有。”何泉说。

“睡不着就再说会儿话吧，”曾平说，“平常咱俩忙得连说话的工夫都没有。”

何泉打个哈欠，“明天再说吧，明天又不死，日子长着呢，干吗这么急着做总结？”

曾平笑笑说：“你又说死，好像我明天就去死似的！”

何泉不在意地说：“人都得死，谁也不知道自个儿什么时候死。听说有一对新婚夫妇，旅行结婚到了黄山，在天都峰想照张相，没人帮忙，就把照相机架在石头上自拍，两人挤在一块儿，只顾着瞅镜头，忘了后边是悬崖峭壁，一脚没踩稳，两人一块儿下去了，完了，照相机被人家捡去，那里面留下了他们永恒的爱！”

曾平闭着眼睛说：“这故事倒是挺动人的！如果我们到了死期，我也希望这样一块儿死！”

何泉笑道：“那可不行！一块儿死，两个孩子怎么办？”

曾平也笑道：“这么说还得留一个？那你留下吧！”

何泉说：“你留下吧，你比我有用，少了你，国家就少了个模范班主任！”

曾平说：“还是你更有用，你是全家的顶梁柱！”

两口子这么开玩笑似的闭目交谈，话又说得那么平静，仿佛面临着死神的抉择，两人都是视死如归、争先恐后地去死的英雄。

“要是我真死了，你怎么办？”曾平闭着眼睛，把两手摊在被子上，像遗体告别仪式上的死者似的。她在体会“死”的味道。

“我为你举行隆重的葬礼，把我们这个家庭的缔造者送上天国。”何泉声调缓缓地说，真像致悼词似的。

“我不要隆重的葬礼，”曾平说，“一个平凡的人，不需要那么多人来悼念。我参加过别人的追悼会，发现到会的人并不都是情愿的，有的是为了死者，有的是冲着生者，给个面子而已。许多人是借追悼会的机会和老朋友见面，握手寒暄，扯些和死者无关的事，甚至还说说笑话。有的人是为了在这个时候结交名人，散发自己的名片。还有的人是去看热闹，如果死者遗留下较小的孩子，一定让他们戴上黑纱，一双小手捧着骨灰盒，做出悲剧效果，让人看着可怜，这才过瘾。这些我都不要，连孩子都不要来参加我的追悼会，到那天，你买两张电影票，让亮亮带着珊珊看电影去。别的人也都不要来，你一个人就足够了，我只希望活在你心里……”

“你永远活在我心里。”何泉凄凄地说。这玩笑开得庄严而又肃穆。

“骨灰盒怎么办？”曾平问。

何泉答：“不搁在八宝山，也不埋在地下，我把它摆在家里，朝夕陪伴着你，不让你寂寞。”

“不行，那样孩子看着害怕，”曾平说，“我要求你——能做到吗？把我的骨灰吃了！”

“能做到，”何泉一口答应，“我用水把它冲开，再搁点儿糖，就给喝了！这样，我们两人就融为一体了。”

曾平停了一会儿没说话，仿佛觉得自己已在何泉的肚子里了，死后有了安身之所。想了想，又试探地问：“你不会再结婚吧？”

这是一个更深层次的问题，既然想到了自己会死，就应该想到何泉再婚的可能。她似乎看到了不知何年何月之后的未来，她不在了，另一个女人成了何泉的妻子。她不安了，不能像想象自己的死一样想象这一切。死不可怕，可怕的倒是自己所爱的人又爱上了别人，这并不是单单曾平一个人的心理。试想，如果何泉先于她死去，她会再和另一个男人生活吗？“夫妻”，这一个人类专用的名词，并非动物的“配偶”可比啊，动物结合的基础仅仅是性爱，而人类结合的基础却是情爱，或曰爱情。建立爱情是多么不容易的事！这对她和何泉来说，意味着十年中的一切，这一切，难道能是随便哪一个别人可以继承的吗？

“我做梦也没想到过这辈子会结两次婚！”何泉说。

“应该想到，应该想到……”曾平的声音变得喑哑而迟缓。玩笑越开越真，她把自己的情绪弄得十分沮丧，像亲手编织的一件精美的工艺品，又亲手给撕碎了，心里空落落的。她伸手抚弄着身边熟睡的女儿，沉默了一阵，有气无力地说：“你还得生活啊！孩子怎么办？你一个人，又当爹，又当妈……”

何泉也被她所感染，心里堵得难受，好像自己真成了鳏夫似的。“我反正已经这样惯了。”他说。其实，他心里知道，这个家要是没有曾平，就完了，他的精神头儿一点儿也没有了。有的夫妻，两地分居，互相不能照顾，却仍然把日子过得有来有去，那是因为有一根感情上的线在牵着双方，都觉得有奔头。不信，死一个试试？就散了。有一个不在身边的爱人，或是一个瘫在床上什么也不能干的爱人，也是一个伴儿，这，谁都知道。平时，曾平确实不大顾家，可是，她对这个家的作用，又有谁能代替啊！呆呆地想了一阵，他说："要是你不放心，我就把姥姥接来，对孩子也有个照顾。"

他说的"姥姥"是指孩子的姥姥，他的岳母。

他说这话的语气，真像是安排"后事"。

"那不行！"曾平的声音突然高了起来，斩钉截铁，"我宁愿让你再结婚，也不让我妈来！我这辈子最恨的是我的家庭，是我妈！她什么也不懂、也不爱，只爱钱。这十年，咱们是怎么过来的？她管过吗？只知道按月要钱！大哥、二哥四口人挣钱，工资比我们高得多，却什么都不管，好像妈是我一个人的妈！"

"妈毕竟是妈啊！"何泉在这个问题上不便附和，只能开导她。

"她哪像个当妈的样子？"曾平愤愤地说，"我两次生孩子，月子里她都没来过一次，却忘不了让小莉按月来拿钱！"

何泉说："妈也有负担，小莉不是还在待业吗！"

"她待业，没事儿，怎么不能来帮我料理料理家务？算了吧，他们都是无情无义的白眼儿狼，不能理他们！我死了，这门亲戚就算断了，让孩子也不要认他们，什么姥姥啊，舅舅、姨啊，通通再见了，你领着孩子好好地过吧，我在天国等着你！"

"好吧，我一切照办！"何泉说，"问题是，不知道你什么时候死？"

"死？我才不死呢，活了三十六岁，刚刚喘过一口气，尝到一点儿人生的乐趣，夫妻之爱，天伦之乐，事业之志，才是个开头，我才舍不得死呢！咳！活得好好的，怎么突然想到了死？咱们今天准是发了神经病了，真是！"

"这都是你扯起来的，我可没盼着你死！睡吧，天快亮了，明天你还得出远门呢！"

第二天一早，曾平起身，匆匆洗漱，带上何泉为她准备好的肉龙往学校赶去，五十二名学生兴致勃勃地跟着她，乘上大轿子车，直奔山花烂漫、春意盎然的樱桃沟。

她不该，不该在昨天晚上大谈其死，那些像玩笑又像呓语的昏话，却不幸言中，她果然没有回来！

也许，人一生的命运真的有什么冥冥之中的力量在主宰，好像在旅途上早已插好了一个个路标，等待你去走。

也许，人这种生物真的有一种尚未能被科学所解释的潜在能力，使之对前途有朦胧的预感。正因为朦胧，才不使人那么畏惧。

第三章　早知今日，何必当初？

当何泉和曾平这一对恩爱夫妻用虚构的死来表达深切的爱情的时候，作家高迈却在自己跟自己发火，把刚刚写了一集的电视连续剧《凤求凰》的手稿撕得粉碎，扔在地下，然后用脚去踩，好像那是一群令人生厌的蟑螂！

午饭之后，李金镯上中班走了，江石也告辞了，高迈醉眼蒙眬地倒头便睡，什么都不想干了。

他做了一个长长的梦。

他梦见，他带着李金镯去参加一个宴会，与会者都是作家、艺术家。宴会的主持者做了一个奇怪的规定：不准单身汉或单身女子出席，男的必须带夫人，女的必须带丈夫。高迈无可奈何，只好带李金镯前往。行前，他指挥李金镯进行了长达三个小时的化妆，让她穿上他精心替她选购的那些入时的服装，头发仔细地卷过，眉毛认真地修了，脸上搽了奥琪抗皱美容霜，嘴唇上涂了口红，脖子上还挂了一串金项链。这些，李金镯都乐于接受，女人没有不爱美的，现在不是以“傻大黑粗”为荣的时候了。使李金镯为难的是高迈要求她在宴会上尽量别说话，免得“露怯”。

“带了嘴去只顾吃？”

“你可不就这一样拿手吗？光吃就行了，别说话。吃的时候也注意文明点儿，不能像在你们厂食堂里那样，狼吞虎咽的，嘴里还吧唧吧唧响！”

“那当然喽！”李金镯笑笑，“哎，是不是还得给客人夹菜？”

“用不着，你算老几？又不是你请客！”

“那……要是人家给我夹菜呢？”

“你说声‘谢谢’就行了。”

“就这么着吧，唉！”李金镯勉为其难地答应去装哑巴。

宴会上，李金镯却没有信守君子协定。她的座位挨着江石的夫人。江石夫人是一位颇有名气的电视剧演员，很年轻，又很漂亮。尽管李金镯是初次跟她见面，但因为江石是高迈的朋友，江石夫人自然也就是她的朋友了，姐儿们、妯娌们似的，自己人，可以无话不谈了。她很不得体地赞扬江石夫人的美貌，说：“想不到，老江像个弥勒佛似的，媳妇倒像个天仙！”她揪着人家的衣裳，一件一件地问：“哪儿买的？多少钱？”还提溜着自己脖子上的项链，问人家是不是真金的。每上一道菜，她几乎都大惊小怪地问江石夫人：“这是吗呀？”

对这一切，江石夫人都报之以居高临下的微笑，并像导师似的做出种种解释。

阴错阳差，高迈的座位和她不挨着，只能频频地隔着好几个人向她使眼色，而她竟然毫无觉察。

好容易挨到宴会结束，高迈迫不及待地要带着老婆逃走，此时，乐曲高奏，开始跳舞。高迈走不脱，只好安排李金镯先在角落里坐一会儿，他先去转几圈儿，趁别人不注意时再走。

高迈请江石夫人跳舞，他想借此向江石夫人做些解释，弥补刚才李金镯的“露怯”。

“您的夫人真逗！”江石夫人笑着说，“什么都想问，跟小孩儿似的！”

高迈尴尬地说：“她……没见过世面，让您见笑了。”

“不，”江石夫人说，“我没有取笑她的意思，她很朴实，很本分，不像文艺圈子里的人那样矫揉造作。高迈同志，我很敬重您，一个风流倜傥的作家，和一个普通女工妻子相处得这样和谐，这真是美德！实在说，这在文艺界是不多见的，如果换了别人，可能就会生出种种变故，什么‘没有共同语言’啊等等……”

“唉！”高迈无言，只是叹了口气。

江石夫人停顿了一下，说：“也许，我这话说得不合适？”

高迈说：“不，不，谢谢您的美言。不过，您并不了解她，也不了解我。”

“怎么？你们中间也有……”

“没有，什么也没有。她对我很好，我们曾经共过患难，所以，我什么都能原谅她，也应该原谅她……”

“原谅？她对您有什么不忠诚的行为吗？”

“没有。恐怕是我对她的要求过高了些，我不应该……”

“您好像也有痛苦？”

“不，没有，我很……幸福。”

谈话是吞吞吐吐、欲言又止、莫名其妙的，只有高迈自己明白说的是什么。

谈话被打断了。江石夫人忽然停住了舞步转过脸说：“您看，您的夫人怎么了？”

高迈蓦然回首，只见李金镯慌慌张张地绕过那些翩翩起舞的舞伴跑过来，嘴里嚷着：“走，走！我受不了啦！”

高迈的脑袋嗡的一声，沉下脸问李金镯：“你嚷什么？出了什么事儿？”

李金镯急赤白脸地说：“走！出去说！”

跳舞的人都停了，吃惊地看着他们。

乐队还在卖力地吹奏。

主持者气急败坏地朝高迈跑来，“老高，你先出去一下，不要把家庭矛盾带到会场上来嘛！”

“矛盾？我和她有什么矛盾？”高迈不由得升起满腔怒火，竟然抡起了胳膊，一个巴掌打在李金镯脸上！

高迈醒了，他平生第一次打了自己的妻子，虽然是在梦中打的，但在醒来之前他并不知道是梦。

如果这梦再短一点儿，他就不会做出这种鲁莽行为了；如果这梦再长一点儿，他就可以听听李金镯把他叫出场外要说什么了。

不必管它了，梦就是梦，梦境都是虚幻的，不能看作现实。从来也没有规定带配偶才能参加的宴会或舞会，高迈也从来没有带李金镯参加过任何会，这一切都是他胡思乱想的。

但是，梦也是他的一件“作品”。高迈所写的小说、剧本都是这样编造出来的，未必有真人真事做依据，只要读来觉得真实、可信，读者认为在情理之中，也就认可了。

那么，这件“作品”呢？他为什么把自己的妻子莫名其妙地编进梦中，加以嘲弄？

他不得不承认，这是他长期以来的一种潜意识在梦中的一种顽强表现。他的妻子使他痛苦。一个作家的精神生活是极为丰富的，而在家庭中，他和李金镯只是“柴米夫妻”。对于他那些呕心沥血的创作，李金镯只看做是“干活儿”，跟开搅拌机一样是一种谋生手段，每天看他写出了一沓稿纸，就笑笑说：“嗬，今儿又编了不少！”当他在写到高潮处，文思泉涌、妙笔生花、欲罢不能的时候，李金镯一声命令：“吃饭，吃饭！还等我请几回啊？”使他愤然掷笔，食而无味。而在深夜静思，偶有所得，不可遏止地想和人交谈时，李金镯已昏昏睡去，鼾声如雷，又使他兴味索然。他家中不断客人，而他又最怕李金镯见客，那东一榔头西一棒槌的谈话使客人捧腹，使高迈汗颜，不到万不得已，手中的工作实在放不下，他不会让李金镯去演出如今天上午对付江石的那种闹剧。他恪守一条准则：从不搞“夫人外交”，从不让李金镯在外边的正式场合抛头露面，因为他这位夫人实在拿不出手。

这些，只藏在他的心里，折磨着他，而他却又极力否认这些念头。他认为不应该有这些念头。是的，不少名流、学者都有个端庄秀丽、温文尔雅的贤内助，不仅是生活中的伉俪，也是事业上的伴侣，但也不全是这样，某位大名鼎鼎的作家就把目不识丁的“糟糠之妻”带到北京来，面对别人的议论、讥诮，坦然自若。高迈宁愿多想想后者，而不去正视前者，仿佛自己也得到了安慰，也坦然起来。

梦中的高迈比醒着的高迈要坦率，他在梦中失去了控制，因而更清楚地看到了自己。在光天化日之下，人的行为往往是虚假的，说的，做的，想的，不是想要如何，而是应该如何。而在夜幕之下，睡梦之中，理智的警戒被解除了，本能才被真诚地显露出来。

高迈做了一个荒唐的梦，一个严肃的梦。在梦中，他的婚姻、家庭、爱情、理想、追求……经历了一次检验，这检验使他在顷刻之间猛醒，又在顷刻之间重新陷入苦闷。

记得古代有一则笑话：一位旧书生于饥寒交迫之中做了个美好的

梦，科举高中，招为驸马，于是珍馐美味也有了，金枝玉叶也有了，高官厚禄也有了，什么都有了。醒来之后，什么都又没有了，仍然是寒窗孤灯、衣食无着。他又接着做梦，那梦像连续剧一样，一段比一段美妙。书生欣然自慰：我且把梦境当真、把醒时当假，岂不妙哉！

高迈竟然希望把刚才的梦再接着做下去，看看会有什么结果。

生活不是梦，生活是严峻的。

这个梦，干预了他的生活。

他踢开被子，坐在床沿上愣了好久。一双脚下垂着，寻找自己的拖鞋，触到的却是李金镯的一双高跟鞋，一只朝天，一只朝地。他狠狠地踢开去，什么玩意儿！

他低下头从床底下找出自己的拖鞋，低头低得脑袋充血。他抬起头，无意中从床边梳妆台上的镜子中看见自己的脸，涨得发紫，怒气冲冲的样子。镜子前头摆着一排化妆品：雪花膏、奥琪抗皱美容霜、皮肤增白露，还有香水、唇膏。这些，都是刚才的梦中李金镯用的，也是她生活中用的，大都是她自己买的，有的还是高迈为她买的。

他突然生起一种极其厌恶的念头：人为什么要用这些东西来粉饰自己？虚伪之极，可笑之极！他伸手拂去这些讨厌的瓶瓶罐罐，任它们在地上摔得四分五裂。

他走进卫生间，想用冷水洗洗脸，压压火气，伸手拿起香皂，又勾起了无名火。那个嘈杂的香皂车间，猪八戒的大耙，瘸子跳舞似的搅拌机……够了，那种气味闻够了！他把香皂扔出去，管它什么香型！

他把脑袋伸到水龙头下，让凉水把头发浇个透，等到凉得彻骨，才直起身来，甩着湿淋淋的脑袋走开去。如果这时有人看见他，一定把他看成个落水鬼。

他揪了一条干毛巾，擦着脑袋，往书房走去。书房是他的天地，这里的空气也许能使他得以稍稍地平息。

稿纸散乱地堆在写字台上，钢笔都没有扣上笔帽，搁在最后一页上。那一页还没有写满，刚写到“一日不见兮，思之……”就被打断了。他清楚地记起了是怎样被打断的。

还“思之如狂”哩，讽刺，简直是莫大的讽刺！他高迈从来也不曾体味过什么叫“思之如狂”！他觉得自己十分可怜，靠着贫乏的想象去猜测、去描绘司马相如初见卓文君时的心情，把好端端的一个《凤求凰》给糟蹋了。他根本不懂得《凤求凰》，那是上界的仙乐，是日月星辰、行云流水谱成的，而他自己，是凡夫俗子，东施效颦，附庸风雅。他不配！他仿佛看见了司马相如和卓文君在浩渺的云空向他投射过来轻蔑的一瞥，瞥得他自惭形秽。

他突然想起前几天去拜访一位他所敬重的作家，本来想谈谈小说，那位作家却没有兴致，把刚刚写好还没有拿去发表的一首小诗见示，诗曰：

相互热恋的人，
不一定是真的理解了爱情。
结为夫妻的人，
不一定感情越来越深。
歌唱爱情的诗人，
论证爱情的学者，
虽然都说得头头是道，
却未必都能处理好自己的爱情。
夫妻之间有矛盾，
恋人之间有苦痛。

欢乐和痛苦，
矛盾和爱情，
大概将同样永恒。

诗的题目就是《永恒》。他不知道那位年过半百的作家为什么突然写了这么一首诗，也许是对爱情的彻悟，也许是痛苦的呻吟。也许，他窥见了高迈的痛苦，以此来安慰或是惊醒他？

就是这么回事儿！高迈只有承认这《永恒》。

他受不了啦！伸手抓起《凤求凰》的手稿，撕得粉碎，连一页都不留！不要编造爱的神话了，爱情不是这样的！

上中班的李金镯心神不宁，搅拌机里的铁麻花像疯子一样打转，把血红的皂粉子翻腾得沸沸扬扬，像个开了膛的怪物把肚肠血污往外抖搂，使她触目惊心。

搅拌机突然停了，是刘利华替她关的。

“干什么？”李金镯恼火地问刘利华，她猜想这老小子蹿到操作台上来肯定不怀好意。

“你这是干什么？”刘利华指着铁槽子里血红的皂粉问，“透明皂干吗搁红色儿？班长！”

李金镯这才意识到自己闯了祸，“怎么的？我糊涂了！”

“你糊涂了，大伙儿跟着倒霉，这月的奖金得玩儿完！姆们可不像你那么阔，老婆孩子都指望这点儿奖金呢！”

“这怎么办？这怎么办？”李金镯手足无措。

“好办！”刘利华笑笑说，嘴里的那颗金牙闪闪发光，“磕出来，搁一边儿去，等下回做红色儿的时候再羼进去不就得了？真是！”

李金镯感激不尽："噢，对，对！刘师傅，亏了你啦！"

"这没啥！我虽说不当这个班长了，也不能看着你出差错，谁让我是你的师傅呢！"刘利华帮她把红皂粉子倒出去，再装上白坯儿皂片，望着愣头愣脑的李金镯说，"大镯子，你今儿个是怎么了？好像心没在这上头？家里出了什么事儿？"

李金镯说："没有，吗事也没有。"

刘利华笑笑说："甭瞒我，我这个人眼里不揉沙子，咱们班上这些个娘儿们，一举一动我都心里有数。谁在家受气了，脸上准带相儿！你怎么回事儿？是不是高迈那小子……"

"你瞎扯吗呀？没有！"李金镯极为敏感地拦住刘利华的话茬儿，但那语气却没什么力量。

"哼！"刘利华冷冷一笑，"我就知道有这么一天！当初我不让你跟他摽得那么紧，你还把我当仇人，到今儿怎么着？唉，人家是个大学生，到咱这儿来劳动是一时不走运，韩信能忍胯下辱，一口一个'师傅'地叫你，是想让你可怜他，他当真是跟你好？你跟他登记结婚的时候，我跟你说什么来着？'大镯子，可别只顾眼前，得看远着点儿，他不会在这儿当一辈子工人，说不定哪天时来运转，你留都留不住他！听我的，先别登记，耗两年再说！'可你那会儿哪儿听得进去呀？如今，我的话都应了吧？"

李金镯默默地听着这些刺耳的话，竟然觉得不无道理。可是，她不能默认，嘴里还得说："得了吧你！你是神仙？早知道'四人帮'要垮台，知识分子要吃香？"

刘利华说："我没那个本事。可我就认准一个理儿：夫妻好比一杆秤，秤盘秤砣两头儿平。那时候，你甭看他是徒弟，你是师傅，往根儿上说还是你巴结他。为什么？人家是大学生，你才初中毕业，瘦死的骆驼也比马大，你配不上他。现在怎么样？人家成了大作家，你呢？还离不开这搅拌机，这高山平地就显出来了！大镯子，姆们都替你悬着心呢，你会没觉出什么？”

李金镯装傻说：“没有，吗也没有呀！”

“唉！”刘利华说，“没有就好。你往后留点儿神就是了。没别的，钱上头你得把紧点儿，不能让他掌经济大权，男人手里要是趁钱，去干什么事儿你还不知道？”

“抽烟？喝酒？”李金镯说，“这些我都不短他的！”

“这都是面儿上的！”刘利华说。

“还有吗呀？”李金镯惶惶然。

“饱暖生闲事，你自个儿琢磨吧！”刘利华说到这儿就打住了，往台下走，又回头叮嘱了一句，“快拌料，那边儿供不上了！”

搅拌机又翻腾起来，李金镯心里也像开了锅。她当然知道刘利华说的“饱暖生闲事”指的是什么，厂子里有不少这样的“闲事”，刘利华本人就有过好几桩“闲事”，只是上了岁数，他本分多了，并且摆出长者的架子来，告诫年轻人了，这也是难得的。

高迈有没有“闲事”？好像是没有。他多数时间都是闭门不出，在家里写作，每天写好几千字，每年写几十万字，除此之外什么闲心也没有。不，家里还常常来客人，有男的，也有女的，有的坐在会客室聊天，有的和他一起关起门在书房里说话，一说就是好几个钟头，说的是什么，李金镯却一直没在意。他还常请人吃饭，在家里吃，当然是李金镯做。在外边呢？她就不知道了，高迈从来也没带她出去吃过饭，高迈上馆子花多少钱，她也从来不过问，钱是他挣的嘛！高迈还经常收到外边寄来的请帖，这个会，那个会。这些会不像厂子里开会，只讲生产任务、奖金什么的。高迈参加的会有些纯粹是瞎耽误工夫：宴会、舞会。

他每次都去，去干什么？有什么人在吸引着他？

李金镯仔仔细细地回想在家里见过的高迈的朋友，像江石这样的不算，专排女的队。哟，女的还不少，她都记不得名字。有一个唱越剧的，南方人，自称是高迈的学生，进门就叫“老撕！老撕！”好像要把高迈撕了吃掉，贱啦吧叽的，会来事儿。来了就缠着没完，让高迈推荐她去演电影，还想当主角，高迈好像挺不喜欢她，总是板着脸说：“我又不是导演，没这个权力！”还有一个是什么刊物的编辑，老是死皮赖脸地求高迈给她稿子，有一次竟然说：“您不给，我就给您下跪！”说跪就真的跪下了……这种人，高迈当然也不会喜欢。还有一个留披肩发的姑娘，自称是个文学青年，管高迈叫“高叔”，每次来都带来一大摞稿子，让高迈给她看。高迈还真认真地看，一边看，一边帮她改，等下回她再来了，就笑嘻嘻地还给她：“这篇不错！”她就拿走发表，再留下一篇新的。咦，高迈为什么对她那么好？替她改文章，让她拿去发表挣钱，不等于送给她钱吗？难道高迈对她有什么“意思”？不会吧，那姑娘那么年轻，比高迈年轻二十岁呢！

李金镯这么忽来忽去地胡思乱想，越想心里越没有底，就像一个人走夜路，深一脚浅一脚地瞎摸索，瞅着黑黝黝的树影像一个个怪物似的。

今天的透明皂打得不好，透明度仅够二级。唉，班长的心里乱成了一锅粥！

下了中班，她一反常规，连澡也顾不上洗，就急急地往家奔，似乎预感到家里出了什么事。

夜班公共汽车上，人很少，她随便找了个座儿，坐下来愣神儿，继续想自己的心事。

她的前面，坐着一男一女，紧紧地挨在一起，轻声在说话。那女的，留着披肩发，像老来找高迈的那个姑娘；那男的，瘦瘦的，穿件风衣，头发挺长，戴副眼镜，有点儿像高迈。当然不是高迈，高迈不会三更半夜地出来坐车兜风，那女的也不是请高迈改稿的姑娘，只是都有点儿像。

李金镯本不想听他们说话，但他们说话不避人，如今搞对象的人都是这么大方。

女的说："你得快点儿，我不能再等了！"

男的说："我比你还着急！可是她死活不肯离，我有什么办法？"

女的说："真赖皮，向秦香莲学习啊！不要紧，只要你态度坚决，法院一看确实感情破裂，调解无效，照样判离婚！"

李金镯心里一动：原来是这么回事儿，这"戗行"的还挺理直气壮！

男的为难地说："你得给我点儿时间，这种事，不能操之过急，得考虑社会舆论！她最近老是到我们单位去哭闹，弄得人们都挺同情她，领导批评我好几次了！"

女的愤然说："你们领导也太不通情达理了！硬撮合没有爱情的婚姻，对你、对她都没有好处！他们怎么也不为我想想？我这个'预备夫人'得等到什么时候才能'转正'啊？"

男的压低声音说："我跟领导可不能提你，要是他们知道有'第三者'插足，就更麻烦了！"

女的不以为然："什么叫'第三者'？法律上根本没有这一条！你呀你呀，真是个胆小鬼！早知今日，何必当初？那时候来缠我，色胆大似天，生米做成了熟饭，你又怕起老婆来了！现在，两条路由你选一条：要么为婚姻牺牲爱情，要么为爱情砸碎婚姻！"

李金镯吓了一跳，她头一回听说这"各"词儿！

男的说："你光有勇无谋也不行，得慢慢地想办法说服她……"

女的气呼呼地说："你软啦吧叽的，一见了她就说不出话来，还是我亲自出马，给她来个'逼宫'！"

男的央告说："那可不行！她现在名义上还算我的妻子，受法律保护！"

女的毫不畏惧地说："我也不犯法！你知道不知道？婚姻法规定'感情破裂'是离婚的唯一理由和条件，刑法中不对'通奸'治罪！"

"真的？"男的有些吃惊。

"当然是真的！"女的说，"我请教过一位律师，他说，在起草刑法时，有人强调'通奸论罪'，可是人大在正式通过的时候，没有接受这种观点，这难道是一时疏忽吗？"

男的声音里流露出惊喜："那就好了，我就是不离婚，不也照样可以……"

"呸！"女的狠狠地说，"想得美！你想脚踏两只船？"

男的低下了头。

车到了终点站。李金镯这才想起来自己已经坐过了站。败兴，听了一路人家的私房话，误了自个儿的路！

高迈的书房里亮着灯，在楼下就能看见，这证明他还没睡。

李金镯脑子里突然闪过了一个可怕的念头：是不是有哪个"野娘儿们"在里边儿呢？她的心怦怦地跳着，上了楼，掏出钥匙，轻轻地打开单元门，不让高迈听见，想来个突然袭击。不管是谁，我把她堵在里头！她当然希望事实并不是这样，但谁知道呢？道听途说来的那些只言片语在她脑子里勾绘了一幅图画，她越想越觉得可怕！

"谁？"高迈到底还是听见了她开门的声音，一声严厉的喝问从书房里传出来。

“我，我回来了。”李金镯回答。不知怎么回事儿，声音有些发抖，好像她是闯进别人家的小偷儿似的。

高迈就不再言语了，书房里既没有叽叽喳喳的说话声，也没有慌乱的脚步声。这证明书房里没别人。李金镯吁了一口气，她心里嘲笑自己刚才太“神经”了，家里什么事儿也没发生！

她没往书房去，先进了卧室，想换换衣服，再去问高迈晚饭吃了没有。这个人，她不在的时候，自己是懒得做饭也懒得吃的，即使把挂面、佐料都给他预备好，嘱咐他到时候煮煮就行，回来一看也照旧是一动没动。

卧室里的地上是什么东西？被脚踢得咕噜噜跑，咯喳喳响。她拉开灯，看见了那些摔得乱七八糟的化妆品瓶子、盒子。

李金镯的心乱了：这是怎么的啦？

她噔噔噔往书房走去，迎面看见的又是一地撕碎的稿纸！

高迈和衣躺在写字台旁边的长沙发上，看见她进来，连动也没动。

李金镯一肚子火，“高迈，你这是跟谁生气？”

高迈看也不看她，“跟我自己。”

李金镯踢着地上的碎稿纸说：“没本事当作家干脆拉倒，别拉不出屎赖茅房，拿别人撒气，摔我的东西干吗？”

高迈被她激火了，坐起来说：“对！我无能，我白痴，我草包，我饭桶！真是委屈了你这位千金小姐，当初干吗看上了我啊？”

当初？这是在责问她：早知今日，何必当初？如果不是刚才刘利华和公共汽车上那一对男女的“铺垫”，李金镯也许不会把高迈在气头儿上说的话往心里去，可是现在，却一下子打在点子上了。她听明白了，高迈的烦恼完全是冲着她，而且账从头算起，从当初俩人一起开搅拌机的时候算起!

李金镯慌神儿了!人们都说，如今的男人个个怕老婆，其实，更多的还是老婆怕丈夫。平时，丈夫让着她们，她们好似一家之主，至高无上;一旦丈夫翻了脸，就乱了方寸啦!不信，可以调查调查……

李金镯本是个泼辣女性，可是在家里——正如刘利华所说——她是“巴结”高迈、怕高迈的。她从来也没当过“一家之主”，只不过替高迈经营管理这个家而已，有些“丫鬟拿钥匙——当家不主事”的味道。现在，连当丫鬟的资格都成问题了!

当下李金镯傻了眼，心中涌出许多话来，却一齐堵在嗓子眼儿里，吐不出来，竟哇地一声哭了，瘫了似的坐在沙发上，哽咽了半天，才说出一句:“让人家说准了!”

高迈并不劝她，只冷冷地问:“什么说准了?”

“忘恩负义!”李金镯说，“你拍拍良心想一想，你刚进厂那会儿，是什么地位?一个‘臭老九’，戗风臭十里，谁理你?谁心疼你?要不是我瞅着你可怜，跟母鸡护雏那样护着你，说不定让人家整成吗样儿呢!那会儿我才十九，一个大姑娘，整个儿把心掏给了你!后来，人家不敢欺负你了，不是冲你有大学问，是冲我，姑奶奶在厂子里是惹不起的人物;是冲我爸爸，你这会儿瞅着他这个退休老工人不起眼，那会儿是你的保护伞!高迈，不是我们家收留了你，你能有今天吗?”

这是李金镯常念的一套经，十几年，不知念了多少次了，但每次的情绪、声调又各不相同，有时是甜蜜的回忆，有时是深情的感慨，而这次则是悲怆的抱怨。说到这儿，自己就被自己感动了，鼻子酸酸的，眼泪跟着就下来了。这一套也极能感染高迈，每当生活中有什么不顺心，两口子就说起往事，抚今追昔，忆苦思甜，感情得到抒发，烦恼被解除，两颗心贴得更近了，便使他忘了妻子还有什么不足之处，觉得自己是幸福的。可是，今天真怪，听李金镯又念起她的“老三篇”，高迈竟然无动于衷，甚至觉得有些好笑：这能说明什么呢？只能说明我们是怎么成为夫妻的，如此而已。不错，你曾在我最困难的时候关怀过、帮助过我，恻隐之心，人皆有之，但这就是爱情吗？

“这些，我都记着呢，”高迈说，“一辈子也忘不了你的恩情，过去感恩，现在也感恩。欠债总是要还的，我不是一直在还吗？”

“还债？你把夫妻关系当成欠债、还债？”李金镯吃惊地看着他。

“你说那是什么呢？”高迈点燃一支烟，慢慢地吸着，喷着烟雾。他现在平静了。他后悔刚才怒气冲冲地和李金镯说话，那样不好，有点“没碴儿找碴儿”的味道。与其吵吵嚷嚷，不如平心静气地谈谈。“你不是常把那句话挂在嘴边吗？没有你李金镯，我就怎么怎么了，时时提醒我，欠着你的债呢。还吧，这辈子还不清，下辈子接着还！这没什么。我们中华民族有这个优良传统：知恩必报。我的家庭也有这个传统。我爷爷年轻时候是个流浪汉，身无分文流落到通县，给一家地主扛活儿。他感激主人收留了他，饭管饱，还管衣裳，就拼命地干活儿，后来当了长工的头儿，把地主的家管得井井有条，年年丰收。地主没儿子，只有一个独生女儿。为了感谢这个忠心耿耿的义仆，就把女儿嫁给了他，成了我的奶奶。我的爷爷、奶奶是很恩爱的，感情基础就是报恩，互相报起来没完没了，到后来也不知道到底谁欠谁的，还清了没有。我父亲那一辈另有一番景象。抗日战争中，我父亲在战场上挂了花，眼看快让鬼子捉活的了，一个年轻的卫生员冒死冲上去，把他背了回来，自己也中了好几弹，只是没伤着要害。他们一起被送往后方医院。这个卫生员是女的，父亲为了感谢她的救命之恩，就娶了她为妻，这便是我的母亲。当时他们的职位相差很多，一个是营长，一个是小卫生员；年龄也相差很多，一个快四十了，一个才十八岁；长相更不般配，一个像座铁塔，一个像朵小花儿。可是他们彼此都觉得挺合适。我至今想象不出，当时我的母亲莫非有天助之力，怎么会背得动死沉死沉的营长？当然，如果没有那一幕，就没有以后的一切了。我的父母后来白头偕老，相敬如宾，一直到死……”

李金镯拦住他这滔滔不绝的长篇大论，说：“得了，甭背你们的革命家史了，我知道你的血统比我们这些卖苦力的高贵，我爸爸是……”

“我从来也不认为自己的血统高贵，你的父亲、我的父亲，本质上都是农民，只不过一个穿上了工装，一个穿上了军装。祖辈、父辈传给我们的是一样的血液！他们常常教导我们的是一样的信条：人得有良心，不能忘恩负义！‘得好好干，要不然，怎么对得起……’这一句就概括了人生的全部意义。我曾经问过我父亲：‘当年您在战场上冲锋陷阵的时候，想的是什么？’他一瞪眼说：‘什么也没想，军人嘛，该冲就得冲，宁死也得冲上去！要不然，怎么对得起……’你还记得吗？‘批林批孔’那年，厂里把一份写好的稿子让你父亲上台去念，为的是借用他这张老工人的嘴。他竟然真的念了。后来，你埋怨他，他说什么？‘咱不能不识抬举，不能对不起……’也是如此。他们所做的一切，都是报恩，好像一生下来就欠了债，得花一辈子的工夫去偿还它，从来没想到过自身的价值……”

高迈又是滔滔不绝，像演讲似的。

可惜，听众只有一个人，这个人只听懂了其中的一点点儿，并且还不赞成。

“照你说，人就该没良心才对？当白眼儿狼才对？”李金镯再次打断了他的话，质问他。

“不是，”高迈说，“我认为知恩不报和施恩图报同样是可耻的。人生不应是银行，不应是交易所。穷的借债，富的放账，本钱又生出利息，必须成倍成倍地偿还。在这种交易中，赖账是不光彩的，讨债是天经地义的，债主可以索取一切，包括生命和爱情都可以作为抵押品！我说的不仅仅是《白毛女》里那个被抓去抵债的喜儿，连我的爷爷奶奶、父亲母亲，他们的婚姻也都是这种产物，千百年来的旧道德观念的产物！当然，他们不会承认，因为没有‘黄世仁’去强迫他们，他们是自觉自愿的。唉。他们不懂！恩格斯说过：只有以爱情为基础的婚姻才是合乎道德的。他们不懂！”

高迈深深地叹息。

李金镯沉默不语。她听懂了，高迈这一番挺难懂的话，绕来绕去，终于落在了实处，她听懂了：无非是说他高迈和李金镯的婚姻是“感恩”，是“还债”，没有“爱情基础”，是“不道德的”！这使李金镯暗暗吃惊，她的猜测、刘利华的妄语，竟然被高迈招认了。她一心护着、敬着、爱着的丈夫，原来并不爱她，肚子里装的是这么一堆狗杂碎，借用一句前些年常用的话说：狼子野心，何其毒也！更使李金镯吃惊的是，高迈的这一套歪理，还找着了挺硬的后台，拉出个大胡子的恩格斯来当枪使！唉，知识分子难斗啊，从前用列宁对付政工组组长，现在又用恩格斯来对付老婆，他想干吗呢？

想到这里，李金镯心灰意冷，心慌意乱，像一只既没有缆绳也没有桨的小船在水上晃荡，她似乎非被高迈抛弃不可了。

“行了，大知识分子！”她说，“你的意思我听明白了，你是喜儿，我是黄世仁，我霸占了你十几年，你的债早还清了，我又欠你的了，吃你的，喝你的，成了你的拖累。该怎么办吧？你说！”

高迈打了一个寒战。李金镯说的也许正是他要说的话，可是，他说得含糊，李金镯说得明白。自己的意思被别人如此明白地说出来，他又感到震惊，感到难堪。他，毕竟是个懦弱的人。

“我……不是这个意思。”他说，说得那么软弱无力，好像一个被当场捉住的小偷否认自己有偷窃行为。

含糊的辩解比招认更可恨，李金镯几乎得出了结论：高迈确有外遇。一种难言的悲哀掠过她的心头，这是爱，是恨，是爱极而生出的恨，当她发现自己一心一意爱了十几年的人如今在爱着别人，她不能遏制心头的愤恨。但是，这种恨，不是恨高迈，和许多刚刚开始觉察出丈夫有了外遇的女人一样，她恨的是那个企图夺走她的丈夫、毁灭她的爱的女人！她不情愿地想到，那一定是一个又漂亮又风骚的女人，说不定也是个大学毕业生，说不定也是个作家，甚至相当年轻，换句话说，样样比她“强”，要不然，怎么能把高迈的魂儿勾住呢？他一向老实巴交的，不是那种寻花问柳的人！一想到有一个尚不知名姓、不知模样的“强”女人在威胁着她，她浑身的每一根神经都紧张起来，很明显，她的前途无非两条：一是听任高迈把她抛弃，离婚，让他如愿以偿，让她无家可归；二是撕破脸跟他闹，死活也不能让他可心——说到底不能让那个在背后勾搭高迈的骚女人可心！而这两条，哪条都不是李金镯愿意走的，其结果都会使她失去高迈，而失去了高迈，对她来说就等于失去了一切。苦心经营的这个家，就这么拆了吗？十几年的夫妻就这么变成仇人了吗？以后，她还怎么生活？怎么见人？不能，决不能！那样，她在刘利华那帮人眼里都不是个人了，甚至对自己的父母都没法儿交代！她本能地要和那个女人较量一番，只是还不知道她是谁？她突然产生了一种莫名其妙的好奇心，很想摸摸“对手”的底细，尽管感情上非常害怕知道。

“明说吧，”她朝高迈说，声音有些暗哑，好像声带充了血，“你跟谁勾搭上了？‘第三者’是谁？”她用了一个眼下很时髦的词儿。

她以为高迈听到这个词儿一定会像触电似的跳起来，冲她嚷嚷：

“你管不着！”

恰恰相反，高迈无动于衷。“哈，”他竟然冷笑了一声，“你高抬我了，在这个家庭，你第一，我第二，没有第三！”语气甚至可以说有点儿遗憾的意思。

李金镯的心像鼓面被鼓槌“笃”地敲了一下，她觉得高迈的话拐了弯儿了，好像把“第三者”的意思有意扭到别处去了，“在这个家庭……没有第三”，是不是刺她一下：你连个孩子都没给我生！这是李金镯心灵中的禁区，她怕触及，一触及就由衷地痛苦，甚至感到对高迈的歉意。

她绕开这个禁区，硬着头皮继续朝主攻方向进逼：“没有‘第三者’？谁信！那些个骚狐狸，时不时地来找你，光我在家碰见的就好几个！”

“你见的那几个算什么？年轻的女作家有的是……”高迈扳着指头说出一大串名字，“你能一个个都去怀疑吗？只怕我高迈有意去高攀，人家还不肯低就呢！”高迈好像有意气她，显然把那些骚女人摆在他本人之上，更在李金镯之上。

“你有意高攀，攀一个试试！”李金镯嘴唇发紫，声音都颤抖了。

“我不想试，爬得高，摔得重！”高迈说，神情不阴不阳，不冷不热，好像在说插翅高飞遨游太空那种不切实际的事儿。他慢慢地抽着烟，看着那些丝丝缕缕的烟雾在面前飘散，懒懒地叹着气。停了一会儿，突然转过脸来，奇怪地盯着李金镯问：“你今天是怎么了？怎么净胡思乱想这种事儿？”

李金镯被他弄糊涂了。瞧，他倒问起我来了，还不是你引起的？她想。你胡说八道够了，又装好人了，装得还挺像，好像心里边儿没想过“第三者”似的。可是，要真是这样，你就该把我真正当成妻子，当成爱人！如今，你变了，像“东家”似的发号施令、指东道西，动不动就发火、数落，我都成了你雇来的“老妈子”了，雇人还得花钱呢，我是义务劳动！你以为我文化低就吗也不懂？连那些大字不识的工人、农民也懂得夫妻恩爱！你对我还有这些吗？

她的疑虑，她的惶恐，她的嫉恨，使高迈也感到悲哀。他当然知道，自己近来的烦躁和冷淡是造成这一切的起因，这伤害了她。应该说，她是一个称职的妻子，不该受到伤害。但是，难道高迈不是一个称职的丈夫吗？一个好丈夫和一个好妻子之间竟然也会产生隔膜，也会拉开距离，这又是什么引起的呢？没有爱吗？当初怎么结合的？有爱吗？那么，爱在哪里？作为一个作家，一个以探索人的灵魂为职业的人，高迈自不难深入地“反思”一下自己的历史，他甚至可以勇敢地解剖自己：他当初投入李金镯的怀抱，只是弱者求助于人的一种本能，这种本能又发展到感恩，并以法律形式肯定了下来，但是，这不是爱。或者说，只是广义的人类之爱，而不是狭义的男女情爱。他们的结合，虽有法律保护，又有道德的和生理的内涵充实，但终究不能生根发芽、开花结果，时间愈久，便愈加暴露出“先天不足”！但是，这一切，他能对李金镯明说吗？不能，面对面地对她说：“我不爱你！”她怎么受得了？她毕竟是自己十几年来同甘共苦的妻子，毕竟是有恩于自己的“恩人”，理论上的东西一放到实践中，就不灵了，高迈不敢想象，真把李金镯抛弃另觅新欢，他自己将会受到多少外界的谴责和内疚的折磨！他甚至后悔不该对妻子发火，不该不假思索地大谈什么“传统观念”和“真正的爱情”！

“你多心了，”他说，“这也难怪，如今文艺界风流逸事不少，社会上传得挺花哨！不过请放心，没有一个人指着我高迈的脊梁骨说三道四。也许我的作品并无出众之处，但就作风而言，还堪自慰、自豪！我是一个恪守传统道德的人，从不涉足风月场中，在家正襟危坐，出门目不斜视。你不信？你应该相信，咱们结婚十几年来，我没有任何大事、小事背过你，我还可以向你保证，无论现在还是将来，我都不会和别的任何一个女人在感情上产生什么暧昧和纠葛，创作就已经够我忙的了，我没有那份儿闲心。我今生今世不会结两次婚，你是我第一个妻子，也是最后一个，我可以……”他停顿了一下，十分严肃地望着李金镯，“可以庄严宣誓！”

他那古怪的样子很引人发笑，但李金镯却笑不出来，她哪里又有那份儿闲心！

高迈说完了。李金镯并没有想到他会一股脑儿说这么多，说得这么彻底、肯定。她不能不信，高迈说的都是真的。这就是她要向高迈讨的“底”，高迈已经向她亮底了。唉，夫妻是一种多么奇妙的关系！刚才还在剑拔弩张，转眼之间又化干戈为玉帛，李金镯应该放心了。不，一对成年的夫妻，毕竟不同于顽童“过家家”，可以在打闹之后又破涕为笑，握手言欢。感情这东西，一旦错位，就很难完全恢复原状。李金镯明白，在此之前高迈的那些她听不太明白的高谈阔论，并不是信口胡说的，那是他情感的流露，心里有一种什么念头，行动上又做不到，就像嗓子里卡了块骨头，吐了半天没吐出来，只好又往回咽，那也不是好滋味儿。

“那你摔东西、撕稿子是干吗？”她问高迈。

“我烦！人都有烦躁的时候，也需要处处向别人解释吗？知我者谓我心忧，不知我者谓我何求！”高迈把手里的烟头摁灭在烟灰缸里，也在极力把心里的火熄灭，他没有勇气改变家庭的现状，宁愿一切如故。他极力压制自己，想结束这场气氛不大对头的谈话，“我以后再不这样了，再不这样了！摔了的东西，我给你重买，撕了的稿子，我自己重写。嗯？这总可以了吧？我们以后好好过日子！”

夫妻的确是一杆秤，现在，高迈那一头儿在往下压，李金镯这一头儿随之就升起来。你想打就打，想和就和？她想，我天生是个受气包儿，老得瞅你的脸色儿行事？

心里一阵委屈，李金镯不觉又垂下泪来：“就这么样儿一会儿好，一会儿歹，不顺心的日子还怎么过！”

“凑合着过吧！”高迈说，“有一位马拉松运动员说过一句极平常又极深刻的名言：当你坚持不下去的时候，坚持下去就是了！”

这真是一句振聋发聩的名言，它使李金镯的心顿时像铅块一样沉重。马拉松？真亏得高迈能找出这么个吓人的比喻，夫妻之间难道进行的是一场拼体力、耗耐性的长途赛跑？俩人走着同一条路，甚至肩并肩、脚跟脚，却彼此都把身旁的人看作对手，谁也不理谁，呼哧带喘地赛着跑啊跑啊，谁跑不动了，半路累死拉倒！

沉默。

秤杆不动了，处于持久的平静状态。然而分挂在两端的秤盘和秤砣都没有感到任何实际的分量和实际价值，好像在摆脱了地心引力的太空之中，处于失重状态！

无话。安歇。夫妻嘛，仍然像往常一样并肩躺在同一张床铺上，仿佛在并行的跑道上各就各位。

天快亮了。高迈经常是在这个时候才上床睡觉，他喜欢在宁静的夜晚写作，没有客人来打扰他，也没有电话吵他，甚至临窗的街上也极少车辆声，这种时候他的工作效率极高。他夜间写作的时候，照例是让李金镯先睡，而李金镯又往往是睡不着的，一会儿起来给他送一杯咖啡，一会儿送一碟儿点心，总是轻轻地、一声不响地放在他的稿纸旁，再蹑手蹑脚地退出去，怕惊扰了他。有时候，看见他左手夹着的香烟已经快烧到手指，烟灰寸把长地举在那儿，才心疼地提醒他一声。直到高迈自动停笔，他们才一起休息。而高迈的创作激情往往还要持续一阵，难以入睡，就服一片安眠药，他的枕边老是放着那个小瓶儿。

今天又要服一片安眠药了，不是因为创作激情无法平息，而是因为那一番令人不愉快的谈话！

高迈睡着了，李金镯却还醒着，她在回味着那一番谈话。十几年的夫妻，他们还是第一次谈得那么久、那么多、那么深，直插进她的心灵深处。爱情、婚姻、家庭，他们谈的是个大题目，高迈旁征博引，渲染发挥，夹叙夹议，淋漓尽致，有相当的内容是李金镯听不大懂的，她只有初中文化水平，而且这些年也不看书看报，更没有研究过什么理论。然而，作为一个妻子，她完全可以感知丈夫的心，即便是大字不识的乡间妇女也具有这样的本能。毫无疑问，她和高迈的这辆车出了毛病，驾辕的和拉套的在往两处使劲儿，似乎要走两个方向。这辆车非散了不可，这个家非拆了不可！一想到这里，她就觉得浑身的骨节都散了，没有了一点儿朝前奔的心劲儿。她维持这个家不容易！十几年了，简直像一头牛，拉着沉重的缰绳，低着头，一步一步朝前走，没有叫过苦，没有说过累，甚至没有停下来歇息片刻，一个劲儿地往前赶，可前头等着她的是什么？月光透过窗帘洒进来，照得地上白晃晃的，她睁着眼，看着室内的一切，仿佛觉得自己到了向这个家告别的时候，这里要让位给一个新人了。一个处处都比她强的女人，也许就是她曾经见过的某一位，也许高迈还要挑另外更好的。尽管高迈矢口否认这个可能性，但是，男人的话不一定是真话啊，老话说："孩子是自己的好，老婆是人家的好。"这是男人的本性！谁能保证高迈不这样？他没有孩子，没有什么可以自豪的东西，是不是在心里把李金镯和别人的老婆比？难道老婆是一件什么家具，可以跟人家比来比去吗？难道老婆是一件衣裳，穿旧了就可以扔了换新的吗？唔，如今这种事儿不少哩，时不时地听说张三把老婆甩了，李四把老婆甩了，都是因为当了官儿或是成了名，还说得好听哩：“无爱的婚姻。”无爱，你们当初干吗结婚呢？是父母包办？是买卖婚姻？眼下城市里没这一套了，都是自由恋爱。只不过爱着爱着又不爱了。高迈不就是这样吗？你当初如果不是自己亲口对李金镯说我爱你，谁也不会勉强你，早就各走各的路了。李金镯又不是没人要的贱货，你想爱就爱，不想爱就甩？

一想到自己将被“甩”，她就立即想到了自己的父母。父亲退休之后和母亲又回天津定居了，他们在北京过不大惯。如果她被高迈“甩”掉，怎么样回去见自己的父母？她还想到了制皂厂的那些同事，怎么样向他们交代？十几年来，那些人一直对她和高迈的结合议论纷纷，过去那样说，现在又这样说，刘利华在上中班的时候说的话还响在耳旁，真让他说准了，要让他看笑话了，他是个专揭别人短处的人！

不，也许高迈真的不会甩她，和她照旧过，马拉松赛跑，累死了算，这就是他给她规定了的余生的行程。可是，她跑不动了，肩负使命的跑和无目的的跑是不同的，失去了目标也就失去了动力，她不愿意像一头牲口那样让人家拿鞭子赶着往前跑。当然也可以不跑，主动提出和高迈分手，各奔前程。她没有前程，她一向把高迈的前程看作自己的前程，失去了高迈，就不知道自己该走向何方了。

她不敢再想下去了，希望自己能睡一会儿，让迷迷糊糊的梦占住脑子，免得再受折磨。可是，她的头脑竟是这样清醒，一点儿睡意也没有。她的手无意中触到了高迈枕边的那个小药瓶儿，便拿了过来，想吃上一片，借用一下药力使自己入睡。她把药片倒在手心里，不留神把瓶儿都倒空了，手心里堆了十几片。她的心突然一动，产生了一个可怕的念头：都吃了，吃了就睡着了，永远不醒，永远不烦恼了，既不当拉车的牛了，也不参加马拉松长跑了，什么都不知道了，那多好！

她被自己吓了一跳，很奇怪为什么想到了死。死，多么可怕！一死，什么都没有了。不，死不可怕，既然活着是痛苦的，为什么不结束它？结束它吧，结束它！那样，她和高迈就都从痛苦中解脱了，以后高迈想干吗就干吗吧，她一闭眼就都不知道了。结束它吧，结束它！她知道自己的价值，这么大的中国，十亿人口，一名制皂女工是无足轻重的，有她，没她，搅拌机都照样转，各种香型的香皂照样上市，中国人决不会因为没有李金镯就洗不上脸！

她决定这样做了，只是手有些哆嗦。她害怕再过一会儿就会后悔，命令自己快些做。她轻轻地下了床，倒了一杯水，把手里的药片塞在嘴里，含口水，一仰脖儿吞了下去。

她重新轻轻地上床，躺在自己的位置上，闭上眼，等待那个永恒的睡眠到来。

高迈一点儿都没被惊动，他睡得真死。

第四章　我当然乐意，他姨儿乐意不乐意？

车还没到樱桃沟就折回来了。原因很简单：出了人命！

既不是翻车，也不是撞车，连司机都没明白是怎么回事儿，车上突然掉下一个人来，司机从后视镜中看到，急忙刹车，已经晚了，后面跟上来的一辆车从那人身上急碾而过！两辆车都定在那儿，大祸已经酿成了。

警察闻讯驱车赶来，把两个司机问了个仔细，说的都是些行话，还用皮尺在地上量来量去。责任在后面那辆车的司机，单位，姓名，车号，收本子，扣人。前面那辆车的司机，死者单位的，赶快，送医院！

送医院只是个形式，人已死了，用不着抢救，唯可用的是医院的太平间，在送八宝山之前先放在那儿，等着打官司。

何泉惊得魂飞魄散，抚尸痛哭。曾平啊曾平，这是真的吗？怎么会？你昨天晚上还……

——她昨天晚上刚刚谈到了死，今天就死了。好像她知道今天会死，把一切后事都安排好了。也许她就是准备今天去寻死，去自杀？

不，她没有自杀的理由，没有自杀的动机！她昨天晚上是说着玩儿的，谁能想到这个玩笑开得这么惨！

一群人把何泉好歹搀出来，都是曾平学校里的人，王校长为首，他是校长，也是书记。还有许多何泉认识的、不认识的教师，还有一大帮学生。大家都在流泪，悲痛程度并不亚于何泉。他失去了妻子，他们失去了模范班主任！

曾平的母亲来了。老人家像是发了疯，嘴里喊着："平啊，平啊！"猛地朝王校长扑过去，一双手撕着他那呢料的中山装，恨不得从里边掏出五脏六腑，"还我的女儿！还我的平啊！"

王校长任她撕，任她骂。可怜天下父母心，老人家有权利这么做，让她出出气吧，王校长甘愿接受！

"你们这些个杀人不眨眼的！你们怎么不死？都活得好好的，怎么就摊上我的平？"

怎么回答她呢？没法儿说！据学生们回忆，路上什么事儿都没发生，曾老师一路上高高兴兴的，带同学们唱歌，给他们说樱桃沟有什么什么花儿，让会画画儿的同学画画儿，会摄影的同学照相，喜欢生物的同学采集标本，还要求每个同学回来写一篇作文，最优秀的由她译成英文印发——她是英语教师。谁能料到会出事儿呢？唉！据司机回忆，车上坐满了，同学们要给曾老师让位子，她不肯坐，在车厢里来回走，和大家说话，也许正赶上她走到车门旁边的时候，车门突然开了，她就掉下去了！

"门肯定是你开的！你为什么开门？存心害人哪？你还我的平，你抵命！"老人家又去撕司机。

司机吓得浑身哆嗦："哪儿能呢？大妈！又不是公共汽车，我开门干吗？也不到停车的时候！可能是车门失灵了……"

“你为什么叫车门失灵？你司机是干什么吃的？”

问得有理，司机答得也有理：“出发前我检查过，车门没坏！我还防着意外呢，告诉他们别靠车门站着，要是曾老师坐在座儿上，就……”

这话不能往下说了，再说等于是曾平违反乘车规则，自个儿找死。曾平当然不会找死。她的死完全是偶然的，太偶然了！司机不忍心再责备一个死者。王校长、老师们、同学们也不忍心，他们只有痛心，只有惋惜，悔不该让老师站着！

最痛心、最惋惜的是何泉，他是直接的受害者。说什么也晚了，也没有用了，人已经没有了，他的妻子，昨天还是一个生龙活虎、情意绵绵的人，今天，已经成为太平间里一具冰冷的僵尸了。他懊悔，昨天不该和她彻夜长谈，也许因为睡眠不足才出了意外；他又自慰，如果昨天不把话说完，就再也没机会说了！

何泉平时清冷的家，如今热闹异常。所有有关的人都来了，曾平学校的人，何泉商场的人，岳母的全家，亲戚，朋友，还有儿子的老师，女儿幼儿园里的阿姨……一片感叹嘘唏，一片哭哭啼啼，一片吵吵嚷嚷。

王校长就后事安排征求何泉的意见。何泉抑制着悲痛，竟说出了曾平临终嘱咐的那一套：不开追悼会，不致悼词，不请来宾，让两个孩子去看电影……

话未说完，王校长大骇：“何泉同志，你这是怎么了？是不是……精神受了刺激，所以才……不，不能这样！你清醒清醒，我代表学校……”

何泉垂泪说：“这都是她的遗言，我答应过她，不能违背。”

王校长惊奇更甚。年纪轻轻的曾平怎么可能早早地立下遗嘱？一定是何泉悲哀过度，精神错乱！

那边，老岳母早已哭着骂着过来：“你这叫混蛋！一日夫妻百日恩，我女儿刚咽气，你就这么对待她？良心呢？你的良心让狗吃了！”

何泉就不言语，把头埋在膝盖中间，一任她骂。死无对证，谁也不会相信他这昏话，只当他是“魔怔”了。

慌得王校长忙起身搀扶曾平母亲，请她坐在沙发上，一口一个“老人家”，百般安慰。王校长满头银丝，年纪尚在她之上，此时却如同她的晚辈诚惶诚恐。

“老人家，”王校长说，“曾老师是全国模范班主任，她的逝世，是我们学校乃至整个教育战线的重大损失！学校决定为她举行隆重葬礼，先搞一个遗体告别仪式，然后再开追悼会，请教育局局长致悼词。学校号召全体师生员工，继承曾老师的遗志，学习她的……”

这套官样文章还没说完，老太太就哇地大哭起来：“平，可怜的儿啊！你就这么不明不白地死了，叫我可怎么活呀！”鼻涕一把泪一把，声音抽抽噎噎，抑扬顿挫，犹如唱评戏一般。

老太太背后，黑压压站了一排人，全是曾平的亲人。

大嫂扶着婆婆说：“妈，您别光顾哭啊，有话慢慢说，王校长给咱做主！”

二嫂接着说：“那是！人不能白死，这后事先等等，得先说道说道，什么条件？”眼睛扫着王校长。

王校长心里一动，明白了，就说：“噢，刚才我还没有说到这一点。警方已经查明，事故的责任在后面那辆车的司机，人已经拘留，并且与他们单位协商，由他赔偿经济损失……”

“给多少？”二嫂问。

“具体数字……我还不太清楚，”王校长说，“政策有规定，估计在一千元左右。”

“一千块钱能买条人命？”二嫂愤愤然。

王校长哑口无言。是啊，生命诚可贵，死了个曾平，他再花一千元也没处买回来一个模范班主任。人的价值怎么能以金钱计算？

此时大嫂又插进来说：“一千块？够干什么的？我妹妹人口多，开销大，光拉账都不止一千块！还了账，他们爷儿几个还过不过？”

何泉听得纳闷儿，他家不欠账啊！

大嫂又说：“老太太怎么办？女儿没了，往后还能向姑爷要生活费吗？”

老太太大哭。

王校长没有想到这一层，嗫嚅道：“这个嘛，学校可以根据实际情况给予考虑……”

老太太哭得更伤心：“平！孝顺妈的平，心疼妈的平！妈情愿不要你每月三十块钱也舍不得你死呀！”

何泉心里一动：往常给老太太每月二十。

王校长心里明白：老太太要价了，不得少于三十。他想了想说：“这样吧，你们的意见……”

王校长要做总结了，可现在还不到做总结的时候。曾平的大哥靠前一步说：“你们这是干什么？不能光算经济账，得算政治账！”

王校长抬头看着这个五大三粗的汉子。

大哥说：“王校长，我妹妹生前的表现……”

王校长说：“表现很好，是全体教师的表率！《人民日报》《光明日报》《北京晚报》都登过她的事迹，有口皆碑！”

“那你们怎么到现在都没有发展她入党？”

“这个嘛，党组织一直关心她的政治生命，最近再次讨论了她的入党申请。做一个党员，她完全够资格了，党总支的意见是在九月份发展她，正好赶在第一个教师节。”

“哼，她等不到了！”大哥愤愤地叹了口气。

“是啊，很意外，”王校长也叹了口气，以表达由衷的遗憾，“不过，我可以提请党总支考虑，并报请上级党组织批准，追认曾平同志为中共正式党员！”

“还应该追认为烈士！”这回说话的是二哥，“我妹妹是因公牺牲的！”

又是一个新问题，王校长有些为难了：“因公牺牲是不错的，可是追认烈士……还有具体的政策规定。”

“什么规定？您说，为什么因公牺牲不算烈士？”二哥咄咄逼人。

王校长答不出，他这辈子还没经历过这种事儿，也没研究过这方面的政策，只觉得一个人的名字要和黄继光、罗盛教相提并论，恐怕不是轻而易举的，也不是他王某人说了算的。

他只好答应向上级反映，等候裁决。

“还有什么要求？”他的眼睛巡视着这一排占压倒多数的死者家属，胆怯地问，声音有些打战。他担心今天走不脱，不知还有什么强人所难的问题提出来。

大哥、二哥、大嫂、二嫂一齐把目光看着老太太。老太太又号啕大哭起来：“平啊，平！你死得惨啊，丢下疼你爱你的妈，丢下你那没成家的妹妹，叫姆们怎么过啊！”

“王顾左右而言他”，老太太又扯到曾平的妹妹。王校长这才想起，还有一个人没出场呢！

曾莉并没走远，就在里屋，一针一线地给珊珊、亮亮缝了两条黑箍，戴到胳膊上，此时听得母亲点到她，便揉着红红的眼睛走出来，半跪在老太太身边："妈！您别哭了……"

老太太越发哭得伤心，抚着女儿的头，眼泪吧嗒掉在她的头发上："王校长啊！谁瞅着这孩子不可怜啊？她爸死得早，起小靠她平姐拉扯大，平一死，往后她可靠谁啊？二十一了，还没个工作呢！"

曾莉俯在老太太腿上呜呜地哭。

大嫂说："妈，您甭难过！组织上有规定，因公牺牲的，可以让家属顶替。珊珊、亮亮还小，还不该小莉顶她姐姐？"

二嫂说："当然是这么着！王校长，您说呢？"

王校长说什么？他心里翻江倒海！哪儿想到会有这么多麻烦，连环套，一环扣一环，看来，这家人是商量好的，得寸进尺，没完没了啦！此时，他心中为曾平之死而引起的巨大悲哀不知不觉消退了大半，只为陷入重围的自己着急了。曾平啊曾平，我宁愿以自己的死换回你的生，别这么折磨我了！你好端端地立下了那么神圣的遗嘱，却不知道身后事是这般模样！

曾平的遗体在医院太平间里静静地躺了半个月。

王校长半个月没睡一个囫囵觉。他瘦了一圈儿，原来红光满面，如今蜡黄泛着灰绿，干巴巴起了好多皱纹；原来抽烟极少，如今一支接一支；原来笑容可掬，如今一脸苦相。

这半个月好奔波！从家到学校，到教育局，到市委，到死者的家，还得到医院。医院没完没了地催他：遗体得赶快火化，不能再存放了！死者家属一口咬定：不答应全部条件，甭打算烧！

"条件"一个比一个难办。

最容易的是车祸赔款。警方的事儿，有明文规定，不必讨价还价，款子直接由肇事单位拨过来，一张支票解决问题。其次是入党问题。支部讨论了一次，同志们为曾平的死而惋惜，赞扬了她生前的工作成绩，但也提出了一些美中不足。有人说：曾平之所以工作做得好，是因为她的爱人何泉特别支持她、成全她，把家务都揽下了，她才能没有后顾之忧。别的同志多数都没有这个条件，拖儿带女，百事缠身，要不然，也不会次于曾平。言外有愤愤不平之意。有人说：曾平好大喜功，有浮夸风，报纸上关于她的报道，好几处与事实有出入。发表前她本人看过清样，竟然不予改正。又有人说：曾平是一枝独秀，孤芳自赏，教师中很少有合得来的，群众关系不好。还有人说：曾平不孝敬老人。自从结婚以后没有回过娘家，生活费还得她妈派她妹妹来取。更有人说：曾平违反了计划生育政策，别人只生一个，她生了俩，还没罚款呢！为什么纵容她？她既不是归侨，又不是少数民族，凭什么？……简直一无是处。这样的人，能当党员吗？最后举手表决，竟然一半对一半。

王校长发火了："人非圣贤，孰能无过？既然死了，就不必苛求了！"他一一批驳那些反对意见：后顾之忧，人人都有，只看怎么克服，曾平的成绩是明摆着的，不能因为她爱人好就否定她忘我的工作；报纸上的文章，校长也看过清样，责任在他；至于群众关系嘛，曾平不是党员，本身就是"群众"，倒是在座的党员同志应该扪心自问，平时怎么团结人家的；至于孝敬老人问题，这些天来，他根据自己和曾平的母亲打交道的体会，觉得这位老人也确实不大好"孝敬"；计划生育问题嘛，王校长就略去不谈了，他能说什么？算了！王校长说完，再次举手表决，刚刚获得勉强多数，就算通过，再报党委批准，同意追认曾平同志为中共正式党员——追认就没有预备期了。

追认"烈士"就更难了。

王校长专门请教了上级，答复说："因公牺牲有多种情形。比如矿井塌方，许多矿工井下丧生，显然是死在工作岗位上，是“因公”，但能一律算烈士吗？再比如运动员在球场上踢球，不慎伤了内脏，一命呜呼，能算烈士吗？干脆再举个你们教育界的例子，一位老教师在讲台上突然心脏病发作，抢救无效而死，能算烈士吗？”

王校长承认说得有理，但又解释说：“曾老师是在带着五十二名学生外出春游的时候牺牲的，学生都安全回来了，她自己却……”

上级说：“那就要看看具体情况了。当时有没有什么危险？比如说，有一匹惊马冲过来，眼看就要伤着学生了，她挺身而出？或者，一个学生差点儿跌下悬崖峭壁，她用自己的身体……”

王校长失望地摇摇头，这些都没有。不过，他愿意再调查调查当事人，看看能不能挖出点儿材料？

于是，吓傻了的五十二名学生，还有那名心有余悸的司机，再次受审。

“你们当中哪一个不好好地坐着，往车门那儿跑了？曾老师是为了救……”王校长问。

学生们你看我，我看你，互相证明，谁也没动窝儿。

“就算没动。你们谁向曾老师提出了什么要求？曾老师为了帮助你们，只好跑来跑去，不慎……”王校长再问。

学生们大眼瞪小眼，异口同声地说：“我们什么要求也没提！”

王校长只好把目标转向司机：“你是不是请求曾老师守着门？”

司机连连否认：“哪儿能啊！我不是跟您说了吗，一再提醒他们别往车门那儿站呢！”

学生们证明：是这样。

王校长为难了，他总不能强迫他们说假话。

学生们和司机都不知校长的用意，以为是追查责任。他们热爱曾老师，但不能把人命官司硬往自个儿的头上安啊！要是他们知道这是为了给曾老师争取烈士称号，也许愿意违心地编造一点儿情节！

毫无收获，王校长失望了。

王校长垂着头坐在何泉家的沙发上，一群人扇面似的围着他，他不敢看他们，好像一个负债累累的人面对着他的债主们，任凭你们怎么发火，怎么埋怨，怎么凌辱吧，他是无法把债还清了。

长久的沉默煎熬着每一个人。

“合算我们提的条件您一样都没办到？”大哥说，语气很横。

“报纸上一个劲儿地说提高教师的地位，完全是瞎掰！骗人玩儿呢你们！”二哥说，要打架的阵势。

“您这校长是怎么当的？”大嫂说，口吻严厉似校长的上司，教育局局长什么的。

“一条人命就这么白搭进去了？没门儿！”二嫂说，态度强硬，坚持原来的立场不变。

“平啊，屈死的平啊，你在黄泉路上等着我，妈不活了，妈跟你做伴儿去了！”老太太连哭带唱，向王校长下了最后通牒，即说：条件不答应，她就死去！

王校长只是一言不发。

何泉耐不住了，喃喃地说：“不能再等了，人都在太平间停了半个月了！再不火化，就……”

大哥拦住他说：“唔，一切严重后果由学校承担责任！”

王校长把头垂得更低。

何泉抬起头来，乞求地看着这些“娘家人”说：“妈，大哥、二哥、大嫂、二嫂！王校长他也有难处，咱不为他着想，也得为曾平着想。这样下去，她不能瞑目啊！”

王校长胸中涌起一股感激之情，他没想到还会有人替他说话。何泉毕竟也是这所中学毕业的，有师生之谊。这使王校长看到了一线希望，“娘家人”再厉害，何泉毕竟是事主，有他这个态度，那些条件也许还有通融的余地。

“那不行，”大哥说，“不赔偿经济损失，法律也不容！”口气仍很坚决，但已暗暗地将条件削去了政治内容，仅强调经济了。

“那是！”二哥附和说，“咱们不是伸手向国家要钱，有政策嘛！”

“娘家人”们你一言我一语，渐渐地统一了口径，只讲钱了。

王校长顿时觉得浑身的关节都松宽了些，这样，他就好办了。他这才体会到：对付讨价还价，最好的办法是沉默。

“我还是希望……”何泉乞求地望着王校长，“希望领导能在政治上对曾平的一生做出适当的评价。”

王校长抬起了头，用悲哀的目光巡视着曾平的这些亲人。他不是故作悲哀，半个月来的艰苦奋斗使他苦不堪言。现在，这种悲哀已经过去了，刚才的一刹那，他甚至感到一丝快慰。但他仍然应该以悲哀的表情说话。

他说他对曾平同志的突然逝世感到无比悲痛。这虽是说了无数次的一句话，还得再说，因为这是带有总结性的发言，必须从这里开始。接下来，他说学校完全理解和充分同情曾平同志的家属的悲痛心情。这句话是属于安抚性质的，不可省略。然后他说他本人对死者家属提出的要求是支持的，并且力争全部给以满足。这样，无论满足与否，家属们对他个人都是感激的。“但是……”他在人们不无好感地、平静地、怀着朦胧希望地听他继续说下去的时候，他重重地抛出了“但是”两个字，然后再狠狠地泼冷水，讲他“个人”怎样怎样和“组织上”交涉，

“组织上”摆出怎样怎样的政策，使他“心有余而力不足”，“爱莫能助”。他一样一样历数那些没办到的事情，听的人心一阵比一阵冷。

说完了吗？好像是说完了，他不言语了，表情挺沉痛。

“娘家人”透心儿凉！

老太太差点儿背过气去，嗓子里哑哑地说：“怎么着？合算一个子儿都没有？”

现在，终于到了王校长由被动变主动的时候，他接下去说：“经过我们再三交涉，再三争取，最后由警方决定车祸的肇事单位赔偿死者家属两千元！”

说到这里，他拉开随身带来的提包的拉锁，取出两叠崭新的钞票，向何泉递过去，像发奖金似的。

何泉一见这钱，眼泪就涌了出来，手捂住了脸。老岳母把钱接了过去。

这就算完了吗？“娘家人”都认为完了。

其实并没完。王校长此时如释重负，又宣布了由校党总支做出的两项决定。他特别强调“党总支”三字，表明这不是按照上级的指示而是由他主持决定的，对领了钱就不再抱任何幻想的“娘家人”来说，就像是额外恩赐。这两项决定是：

一、追认曾平同志为中共正式党员。

二、接受曾平同志的直系亲属一名来本校工作。

王校长说完，端详着他的对手们。

他们都哭了。一直不大说话的曾莉珠泪涟涟，仰望着王校长，像对待救命恩人似的，因为那个名额显然是她的。

王校长突然觉得他们都很可怜，在这以前他曾觉得他们很可恶。这些人显然并不高尚，很贪心；但这贪心也不大，很容易满足。

王校长终于赢得了胜利，为了胜利他不得不使用了一点儿谋略，而这些谋略竟然未被对方识破。他心中隐隐感到愧疚，为自己的“狡诈”。

曾平的遗体好容易得以过关，送八宝山火化。

遗体告别仪式免了，因为……天气热了，又搁得太久。追悼会按原计划进行，人到得不少，挤满了小礼堂，由教育局局长致悼词。

曾平的“遗言”一样没照办。珊珊和亮亮也没去看电影，他们臂戴黑纱，捧着亡母的骨灰盒，催下了好多人的眼泪。

何泉没履行他答应曾平的诺言。事实上，即使他坚持也做不到，他身不由己。

有一件事，也许他本可以做到：把骨灰兑水喝下去。他没喝，也没敢说出来。他想，那样做，别人一定把他当疯子，他还得做人，不能去干疯事。那骨灰，就留在八宝山了。

追悼会当天的晚报上，登载了一篇八百字的“专访”：《记以身殉职的模范班主任曾平》，为曾平短暂的一生，为拖得太久了的后事，做了一个圆满的总结，王校长毕竟是一位会办事的长者。当然，“专访”的对象已死，被“访”的是王校长。文章还配了一幅曾平生前和王校长的合影，已记不清是什么时候照的了，难为王校长妥为保留至今，好像是为今天的报纸做准备似的。在这张报纸上，人们在看到千里马遗容的同时也看到了伯乐。

大事办完，何泉已经筋疲力尽。如今，如果让他回忆这半个月的时光是怎么度过的，他会觉得是一次漫长而又艰难的跋涉。“事非经过不知难”，半个月前他和曾平那么轻松地谈到死，仿佛两人相约去听一次音乐会，那样情意绵绵，那样充满诗意。而今才知道，活着不易，死也不易。不，对死者是容易的，在车轮从她身上碾过的一刹那，她可能什么都没有来得及想，甚至都没有感到恐惧和痛苦，就结束了生命，她绝不会有无法忍耐又无法摆脱的煎熬感。

她没有体味到的，都留给何泉去细细体味了。

何泉没有料到以老岳母为首的“娘家人”会提出那么多的条件。在他看来，曾平的死纯属意外，没有任何人存心加害于她，因此，也谈不上向任何人进行报复和惩罚。但他毕竟是曾平最亲近的人，为了曾平，提出任何要求他也并不觉得过分，尤其是要求追认为“烈士”，那是至高无上的荣誉，如果能以此告慰曾平的亡灵，也是他所希望的。他也没有料到死去的曾平在这个世界上还留下那么多的对手，一讨论，这也不行，那也不行，生前美如完人，死后一无是处，这简直是对于死者的莫大侮辱。他愤慨，但是不愿意像岳母那样哭闹，也不愿意像两位内兄那样气势汹汹、直眉瞪眼、讨价还价。他不忍对王校长那样做，他也曾是王校长的学生，拉不下脸来，而且也相信王校长从内心深处也是向着曾平的，但孤掌难鸣，也有苦衷，不能强他所难，强也没有用。何泉不是一个势利小人，他一向与世无争，宽大为怀，和曾平婚后十年来，他一直是让着曾平的，把事业上成功的路让给她，牺牲自己，成全曾平，如今，曾平死了，他不愿意为争这个争那个而坏了曾平的名誉——人们有一种习惯，如果一个人是名人，便把其家属的劣迹算在名人的账上。因此，何泉在漫长的“谈判”中，扮演的是一个“中立”的角色，既维护“娘家人”的利益，又照顾到“公家”的回旋余地。事情总算获得了一个“折中”结局，何泉已经感到满意了。

此刻，他疲惫地坐在自己家里的沙发上，吁出一口长长的气。事情办完了，他不愿意再回忆那些过程和细节了，痛定思痛是折磨自己的事，不必了。“我希望我能死在你前头”，曾平生前这样对他说过，现在已经应验了。他亲手办完了亡妻的后事，虽然并未完全按照她的遗愿，但比那样光彩、圆满，何泉觉得，这也对得起她了，追认为党员，登了报，还要怎么样？有几个人死后能受到这种待遇，何况家属方面还……

“娘家人”差不多已经走光了。两位内兄及其夫人本无私心，是来助战的，既已鸣金收兵，各自班师回朝了。那两千元是给何泉的，他们也并不想分点儿。曾莉奉命上医院检查身体，学校让她快些去上班，参加一期打字培训，她接的是姐姐上电大以前的差事。继续留下来与何泉做伴的只有他的老岳母，她刚刚把珊珊和亮亮这些天揉得泥巴巴的衣服洗净、晒在院子里，这会儿，又在归置屋子，把女儿留下来的家具擦了又擦，一面擦，一面叹气。何泉望望老人家消瘦的面容，心里又是一阵酸楚，唉，老人家不容易！她这一辈子，幼年丧母、中年丧夫、晚年丧女，人生的三大不幸全摊上了。曾平生前一直对她有成见，认为她是小市民、钱串子脑袋，也太过了点儿。他们结婚时，岳母“嫌贫爱富”，曾从中作梗，是事实；他们婚后，岳母没有给予任何帮助、照顾，还按月索取生活费，这也是事实。但是，能要求她怎样呢？她没有能力，一辈子没挣过一分钱，丈夫活着靠丈夫，丈夫死后靠儿女，按照眼下的世风，主要靠女儿。不能怪她，曾平毕竟是她一把屎一把尿养大的亲生女儿啊！如今，这个女儿没了，老太太本指望曾平的学校能按月给她一笔生活费，却未被批准，理由是她尚有二男一女。唉，政策并不一定都能符合实际啊，制定政策的人哪知道儿子和女儿是不等价的。

“妈，”何泉眼眶里滚着泪花，望着老岳母说，“我妈死得早，您就是我的亲妈。曾平在，是这样；曾平不在了，也是这样。您的生活费，我照旧给您，给您养老、送终！”

老太太没抬头，只是默默地擦着柜子、桌子……眼泪吧嗒地往下掉，“孩儿啊，你的心我知道，你比平还孝顺我，可那是冲着平啊！如今，平不在了，我怎么能再要你的钱？白吃姑爷的，让人家戳脊梁骨！孩儿，我不要你的，别看我那么样儿地跟公家争，要小钱儿似的，不是为我，是为你，为平留下的这俩孩子！那两千块，我给你搁柜子里了，赶明儿你拿到银行存上，我一分不要。我不能从没娘的孩子嘴里争食啊！”

一向被曾平鄙弃的母亲也有一颗慈母心，这颗心让何泉感到热得发烫！他站起来，扶住岳母瘦弱的胳膊，“妈！您说些什么呀？您还是孩子的姥姥，还是我的妈！您……搬过来住吧，我们和您一起生活，永远不分开！”

老太太又是一声叹息：“唉！没有这么着的！孩儿，你还年轻，才三十六，往后的路还长着哩！过个一年半载，碰见合适的，你能不再找一个？”

老太太平静地用泪眼瞅着何泉，何泉的心猛地像被烙铁灼伤了似的抖了一下，“您说什么？我……还会再结婚？您还不如骂我呢！我要是做出那种对不起曾平的事儿……”

老太太依然那么平静地瞅着他，眼神中似乎还有一丝威严的冷笑，“甭赌咒发誓的，你又不是个娘儿们，还能一辈子守寡？跟我似的！眼下妇女也不拿改嫁当回事儿了，何况男人？男人没有一个守得住的，开头儿，备不住难过一阵子，可到了儿，还得过日子，还得朝前奔呢！你有工作，又有俩孩子，天大的能耐，一个男人撑不起来！总有一天，你会活动心眼儿……这话，我这个当丈母娘的不该说，可我见得多啊，孩子，早晚是这么回事儿！”

何泉愣住了。岳母的话句句刺耳，却又不无道理。那不是冷嘲热讽，是岳母为他着想哩，难得有这样的好岳母，为他想得这么远，这么周到，竟然一点儿也不嫉恨姑爷再娶，尽管何泉心中从未有再娶的念头，他也不能不感激老岳母的这一片真情！

不语等于默认。老太太的观点被何泉真的接受，她自己反倒又难过了：“唉！谁的路谁走，旁人拦不住。就是……得找个老实可靠的人，能安心跟你过日子，能疼孩子，就好……”说到孩子，她的声音不禁颤抖了，“……哪能像亲妈那样疼孩子呢？天下的后娘……有一个好的吗？”

何泉的心也在颤抖，他仿佛看到了自己的一双儿女在后娘的淫威下偷偷地抽泣！“妈，您别说了，我不结婚，永远不结婚！”老岳母把何泉的心揉碎了！

老太太又不说话了，慢慢地，慢慢地用手中的那块抹布擦呀，擦呀，这会儿，正在擦那台电视机。其实，在谈论如此严肃的话题时，她本不必干这些无关紧要的活儿的。

何泉被她征服了，她真正了解了何泉，而何泉并没有了解她。她在想：你这会儿什么好听说什么，过后碍不住翻脸不认我这个“妈”，谁能拿绳子捆住你不许你结婚？哼，我见得多了，新坟土还未干，就又搞上对象了，有了新的，就把那个死的忘得一干二净了，还能想着我这个过时的岳母？唉，娶了后娘有后爹，俩孩子就掉到人家眼里头了！还有那两千块钱，满屋子的家具，都是人家的了，我女儿置下这些东西不容易，到头来都是给人家预备的！老太太想到这里，眼泪又吧嗒吧嗒往下掉。

“妈，妈！”何泉把头垂在岳母肩上，泣不成声。

“一个男子汉，五尺高的大老爷们，别这么哭哭啼啼的，你坐下！”老太太抹了一把泪，推开何泉说，“你把我当妈，我就让你听妈一句话！”

“妈，您说吧，我听您的！”何泉顺从地又坐在沙发上。

老太太却并不落座，从桌子边转过身来，背靠着桌子，脸朝着何泉说："孩子啊，妈什么都想过了，为你着想，也为孩子着想。妈不想耽误你，想把小莉给了你……"

何泉像弹簧似的跳起来，"妈，您……您说什么呀？您疯了？"

"妈没疯，妈心里头清楚着呢！听着，孩儿！小莉跟了你，俩孩子跟着亲姨儿，吃不了亏，妈就放心了，平也就合眼了，这么办，死的、活的，都对得起了！"

"不行，绝对不行！"

"不行？怎么不行？老年成，这么样儿续亲的多得是，谁也说不出什么来！"

"可……我都三十六了，小莉才二十一呀！"

"你比她大，往后就多操点儿心吧！妈盼着你们好好过，别抬杠拌嘴，别亏待孩子，妈死了也放心了。怎么？我把娇娇的大姑娘许给了你当填房，你倒不乐意？"

何泉的脑袋嗡的一声，如同一霎时被抽成了真空，失去了思维能力，他无力地跌坐在沙发上，愣愣地望着老岳母，不知该怎么回答。这个问题提得太突然了。

时间，是治愈心灵创伤的一剂良药。一位什么名人这么说过。此刻，何泉在经受这剂良药的治疗。但这个疗程不是几年、几个月，而是短短的几个小时。他呆坐在那里，耳边嗡嗡地回响着老岳母刚才发出的惊人指令。

奇怪！他那空空如也的头脑里，怎么闪现出了曾莉的脸？曾莉，过去在他心目中一直是个小妹妹，现在，却以另一种面目、另一种身份闯入他的脑海了，她那少女的身姿、年轻的面容，她那眼睛、头发……何泉极力驱散眼前的影像，仿佛在割断自己心中不道德的邪念，但是，曾莉的形象却越来越清晰，他甚至看见，她亲密无间地搂着珊珊和亮亮，像他们的妈妈一样。这不是幻觉，珊珊和亮亮从小就是他们的小姨的宠儿，她每次来，总和他们亲个没完，尤其在他们失去妈妈之后……

“你说话呀。到底乐意不乐意？”岳母在催他。

何泉把头垂得低低的，像受审的罪犯似的说：“我……当然乐意，就是不知道他姨儿乐意不乐意？”

第五章　魂归何处？

这一觉睡得好实在。

高迈醒来的时候，不知道已经是什么钟点儿，满屋子都是灿烂的阳光。他伸伸懒腰，披衣下床，下意识地往旁边看了一眼，才知道李金镯还没有醒。这有点儿奇怪，她从来没睡过懒觉，每天总是起得很早，等高迈醒来，家里已经收拾得窗明几净，连早饭都预备好了。

“金镯！”高迈叫了她一声，好像是有意缓和昨夜的沉闷气氛，他叫得轻柔而亲切。

李金镯没有应声。

“金镯，金镯，该起床了，太阳都晒着你的眼睛了！”他故作轻松地笑着说，开玩笑似的。的确，一缕阳光正洒在她的脸上，呈现出温暖的橘黄色。

李金镯仍然没有应声，连动都没动。

那就……让她睡吧，高迈想，金镯够累的，难得这么好好地休息。他不再叫她，还给她掖了掖被子，这时候，却突然发现了枕头旁边那个空了的药瓶儿。为什么空了？药呢？他急忙拉开自己的枕头、被子，一片也没找见。他清清楚楚地记得，昨天晚上还有大半瓶儿呢，哪儿去了？空瓶儿为什么丢在金镯枕边？他有些慌了，“金镯，金镯！你看见我的安眠药了吗？金镯，金镯！”

任他又推又喊，李金镯纹丝不动。

高迈如雷击顶！他断定安眠药通通让李金镯吃了，她自杀了，死了！金镯，你为什么要死？怎么会想到死？昨晚上的吵嘴——如果那算得上吵嘴的话——能至于死吗？高迈不能理解，伤害了别人感情的人，很难设身处地地理解被伤害的人。昨晚上……嗐，哪一对夫妻都会产生口角的，我们又没有动手打架，只是随便瞎说说而已，你怎么就走了绝路？如果昨晚上……

高迈后悔了，他昨晚上都胡说了些什么？欠债啦，还账啦，赛跑啦，简直是胡扯！他等于明白地告诉李金镯：“我现在不爱你了。”或者说：“我从来就没爱过你！”等于当面宣布要抛弃她！这太绝情了，高迈没有什么理由嫌弃他的妻子，嫌她是个工人？嫌她文化水平太低？嫌她一口“怯话”，语言粗俗？这一切，原是她固有的，从高迈认识她的那一天起，她就是这个样子，为什么那时候什么都不嫌？如果你一开始就目不斜视，本来什么都可以避免的。不，那时候高迈什么都不觉得，他没有看到她有什么缺陷，反而觉得她一切都比自己强：技术上拿得起，人事上戳得住。他惊奇这位娇小的姑娘的神通和胆量，自己这个文弱书生还须仰视她哩！就连外观的视觉形象，他也认为金镯完全称得上美丽！十几年的时间，难道她一切都变了吗？美好的都变成丑恶的了吗？不，金镯没变，保留着一切素朴的美德，只是悄悄地改变了位置和作用，由高迈的监护人变成了家属和附庸。她忠于职守，一日三餐，四季衣履，待人接物，送往迎来，承担了一切琐碎、繁杂、劳累的事务，几乎像一个老妈子、看门人、服务员、女管家，说得好听一点儿：贤内助。没有她，很难设想高迈能像现在这样心安理得地坐在书斋里当毫无后顾之忧的作家。而这一切，都是在她业余时间完成的，她也有工作，每天要花八个小时去干强体力劳动，筋疲力尽之后回到家里来还要继续服务，是高迈的忠实而又尽职的奴仆！她也有收入，如今每月的工资连同奖金达百元之多，并非依赖高迈赐予衣食。她是一个无可挑剔的、无愧于丈夫的妻子。那么，是高迈变了？见异思迁、喜新厌旧、朝秦暮楚？高迈的背上、头上渗出了一层冷汗，难道在他的生活中，或者只是在意识中，出现了什么“第三者”吗？没有，高迈扪心自问，绝对没有！虽然，他曾经结识过众多的年轻女性，女作家、女记者、女编辑、女导演、女演员、女画家、女音乐家、女教师、女企业家……都是些女“强人”，并且也曾经不由自主地在心中拿金镯和她们相比——以金镯的短处和她们的长处相比，愈发显得相形见绌，但是，他却从来没有想过，或是不敢设想由她们之中的任何一位来代替金镯，做他的妻子。因为，如果那样，就意味着他遗弃了金镯，而“遗弃”，无论在中、外、古、今，都不是高尚的行为，尤其在当今的中国，在高迈和金镯的社会地位大相悬殊的情况下，将会受到社会舆论的谴责。他当然也没有背着金镯和那些女人做超出正常接触范畴的交往，虽然时下人们对这种事多持“睁一只眼闭一只眼”的态度，并不怎么过问，但如果他那样做，就意味着背叛了金镯，对于忠实于他的妻子，他的“不贞”是有罪的、不道德的。高迈只是在内心深处埋藏着一个不曾告诉过任何人的念头：我多少希望金镯能是一个女“强人”——女作家、女演员、女教师……强于现在的她，强于许多普通的女人，甚至强于我！那样，即使我们离异，我也不必背负遗弃弱者的罪名，可以坦然地追求自己的所爱了。可是，这样的念头是那样地荒唐和缥缈，永远也不可能实现。金镯就是金镯，她不具备女“强人”的任何素质，怎么会在一个早上突然变成另一个人呢？高迈嘲弄自己这虚幻的非分之想，并且在萌生的同时就悄悄地在心中扼杀了它。今生今世，他已命中注定只能和金镯一起生活，并且“白头偕老”，在世人心目中，这是理所当然的。高迈实际上接受了这一命运，虽然有痛苦，有不满足，但并不打算去做对金镯、对他自己、对社会都是一个难题的事，一辈子就这样打发算了，好在他还有事业，有赖以弥补心灵病痛和缺憾的文学创作。一个人，不可能得到他想得到的一切，有所得，必然有所失，他宁可克制自己，牺牲自己，而不去伤害金镯。这种克制和牺牲，似乎在世人看来也是一种美德，一些有成就的大人物曾因此受到赞誉。他为自己的这种美德而自豪。他认为金镯也应该为有这样一个高大而又完美的丈夫而自豪。

但是，金镯似乎没有这样的意识，要不然，她怎么会……高迈觉得金镯简直是一个不可理解的人，他要唤醒她，告诉她：你知道吗？为了你，我是怎样……晚了，金镯已经叫不醒了，什么也听不到了，她，已经永远永远地睡去了！

高迈突然意识到面前的李金镯是一个——死人，一个服毒自杀的女人！现在，他悔恨也罢，解释也罢，表白也罢，自豪也罢，都是多余的了，在金镯面前，他只感到恐惧：人命案，自杀，他的妻子！过一会儿，再过一会儿，高迈就必须回答人们的提问：她为什么自杀？谁能够证明是自杀而不是谋杀？邻居、亲属、同事、警察都会这样问，他怎么回答？

高迈脸色惨白，瞳孔缩小，浑身冰冷，四肢发抖，绝望地扑在床上，苦苦地呼唤着：“金镯，金镯！”

李金镯纹丝不动，毫无声息地安卧着，全然不知道她给高迈带来了多么巨大的悲痛和恐惧，留下了多么触目惊心的难题，十几年来，她第一次睡得这么安详。若在往常，这会儿正是她忙得不可开交的时候，

“一日之计在于晨”，现在，她不用忙了，永远也不用忙了！

“金镯，金镯！你不能死，你睁开眼！……”生者无休止地呼唤着死者，死者什么也听不见了！

“你睁开眼，你睁开眼……”沙哑的呼唤，字字血，声声泪，此时的高迈，是一个情真意切的丈夫，竭尽全力在叩打地狱的门，如果真有地狱的话，精诚所至，金石为开！

奇迹出现了！李金镯的睫毛动了一动……

高迈疯狂了！死神被他感动了，向他屈服了，金镯没有死？她还活着！

“金镯，金镯！”绝望的呼唤又闪耀着希望的光辉。

李金镯的睫毛又动了一动！即使高迈怀疑自己的眼睛，但事实毕竟是事实！“金镯，金镯！”他欣喜若狂！

像地狱之门的门扇在开启，那双眼睛，那双紧闭着的眼睛，一闪，两闪，在几度轻微的闪动之后，居然重新睁开了……

一团亮光突然射进眼睑，她什么也看不见，从黑暗到光明，眨眼之间，她跨过了两个世界之间森严的界限，她还不能适应，只觉得双眼酸痛，浑身胀麻，凝滞的血液又在流淌，轻飘飘的躯体又变得沉重，无依无靠的双脚乃至全身都落在了实处。强烈的阳光晃着她的眼睛，她只听见一个陌生的声音在叫着一个陌生的名字：“金镯，金镯……”她不知道这是谁在叫谁。

她觉得有一双手抓住了她的手，一张脸贴在她的胸脯上，还流着热泪，洒在她的脖子上，那个声音在问她，哭着问她：“你好糊涂啊！为什么要扔下我去死？为什么要自杀？”

“自杀？”她喃喃地重复着这两个莫名其妙的字，实在想不起自己什么时候有过自杀的行为，“自杀？……”

“你把安眠药都吃光了，不是自杀是什么？”高迈痛哭流涕，“你不该这么做！有什么话不能好好跟我说吗？原谅我吧！是我错了，我昨晚上不该说那些让你伤心的话！我……再不说了，永远不说了！”

她完全听不懂他说的是什么。

那一团亮光渐渐清晰起来，像照相机的镜头在调整焦距，白光化成一块块彩色的光斑，化成越来越具体的物象，原来是一张陌生男人的脸，离她那么近！手，还握着她的手！

“你……你是谁？”她恐惧地喊道，声音很小，但她用了很大气力。

“是我呀，我是高迈！你怎么连我都认不出来了？”高迈动情地说，惊喜中又掺杂着疑虑。

她同样困惑地看着他，想不起来在何时何地见过这个“高迈”！她吃力地移动视线，这时才发现自己竟然躺在床上，不知是谁家的床？她的身上只穿着内衣，不知是谁的衣服？她愣愣地环顾着周围，这里的一切都是陌生的，床、墙壁、吊灯、梳妆台、组合柜、衣架、沙发……她完全被弄糊涂了。

“告诉我，请您告诉我，我……怎么会在这儿？这是什么……地方？”她惶恐不安地问那个“高迈”。

高迈在流泪，听着她那声调异样的胡话，苦笑着说：“这是在咱们自己的家呀，金镯！”

“金镯？”她不相信这是自己的名字，“您……认错人了，我不是……不是……让我走，我要走！”她想挣扎着坐起来，可是，没有这个力气。

高迈悲哀地看着她，“金镯，你这是怎么回事啊？”

怎么回事？她自己也弄不清是怎么回事，好像做了一个奇怪的梦，糊里糊涂地飞到了另外一个星球上似的。她疲倦地闭上酸痛的双眼，极力回忆着那个梦，回忆着自己的来龙去脉……

是的，那好像是一场梦，一场噩梦。在梦中，她清楚地听到了尖厉的刹车声，自己的肋骨的断裂声，一腔热血向外迸射得如同原子弹爆炸的轰然一声巨响！然后，她感到自己的身体像碎石和尘烟一样向四处飞散……那是一种神秘而又清晰的感觉，仓促之中，她来不及找到一个恰当的形容，一个贴切的类比，对了，也许安徒生笔下的小美人鱼有这样的体验：生命结束的时候，感到自己化成了虚无缥缈的泡沫！

她当时就觉得自己成了那样的泡沫，不，比泡沫还要轻，没有些微的重量，简直像一缕烟云，一阵清风。她升腾在空中，随风飘荡，如一片落叶，一根羽毛。她极力想弄明白自己在什么地方，在做什么，却弄不明白。她极力想使自己的脚跟着地，或是伸手抓住一根树枝，却无法驾驭自己。

很奇怪，她睁不开自己的眼睛，也许她正在大睁着眼睛，却什么也看不见，她的面前是无边的黑暗。她不知道自己闯进了什么地方。怎么没有太阳，没有蓝天，没有云彩，也没有树木、花草、人迹？也许这是在黑夜，又为什么没有月亮，也没有星星，甚至没有一盏灯光？

只有声音。她听到了各种各样的声音，那声音嘈杂得很，有车声：汽车，摩托车；有人声：跑步，惊呼，哭叫，叽叽喳喳的交谈。有陌生人的声音，也有熟人的声音，只是一时想不起也听不清谁是谁。她猜想，下边一定是发生了什么事。

她很想凑过去听个究竟，很费劲地朝声音嘈杂的地方“飞去”——真奇怪，她怎么竟会飞了？飞行很不容易，像一个生手驾驶飞机，她一时还不会掌握方向，控制平衡，操纵高矮，是的，《追捕》里的杜丘开的飞机就是这样瞎撞！她暗自自嘲地笑了一下，极力调整航线，凭着听觉向下俯冲。降落很难，在没有导航信号、没有灯光指引的情况下，她看不见跑道，无法落到地面，好几次，她感觉已经贴着那些人的脑袋了，又身不由己地滑了过去，飘了起来。她在人们头顶盲目地盘旋。

那些人在喊叫，哭哭啼啼。她不知道他们为什么在喊叫，好像还在叫她的名字！又一次俯冲，她闻到了一股刺鼻的血腥味儿，是从嘈杂的人群中心部位发出的。她明白了，突然之间明白了，那是她！她“死”了！她不由得感到了钻心的痛楚，怎么会“死”了呢？刚才那爆裂，那飞散，那飘荡，就是“死”吗？她想大声地对他们喊：我没死，我在这儿呢！但是，她喊不出，那大张着的嘴巴没有任何声响。唉，原来“死”了的人是不能说话的，真可惜！

车子又在响动，好像是开走了，那一团血腥气，连同嘈杂的人声也随着消失了，只把她孤零零地抛在这里，什么声音也听不到了，周围是死一般的寂静，伸手不见五指的黑暗。

她无声地叹息着，悲哀地离开了那若即若离、始终无法降落的地面，又回到了高不可测的空中。她完全没有力气了，也不想再费什么力气，像一朵云彩飘在空中。她感到风在吹她，托着她，推着她，在空中游动。她完全不能左右自己，只能随风飘荡，飘荡……

“我没死，我没死！”她喊着，睁开眼来。

“是啊，你没死，你不会死的！”高迈热切地俯在床边，对她说，“你活着，活着！”

“可是，我的学生呢？五十二个学生……他们都没事儿吗？他们在哪儿？”她问高迈，问得那样急。

“什么学生？”高迈完全不知其所云，“你说些什么呀？金镯！”

“什么金镯？我不是……”她也同样不知其所云，极力想解释清楚，却又无法解释清楚。刹那间，她的脑际闪过一个可怕的念头，咽下了自己想说的话，下意识地望着床边梳妆台上的镜子，真奇怪，镜子里映出一张陌生女人的脸！

“啊！这是谁？是谁？”她愣愣地问。

“这就是你呀！”高迈哭笑不得，像开导一个精神病人，像启发一个从未照过镜子的婴儿。

“她是我？”她眼睛睁得大大的，吃惊地望着镜子里的“自己”，“那么，我是谁？”

离奇的现实使她无法正视，却又不能不正视，她发觉自己已经不存在了，今日何日？此身何身？她完全变成了另一个人，一个自己根本不认识的女人，那么，“我”呢？“我”呢？

高迈被她弄得蒙头转向。

旁观者迷，当局者清。她反而清醒了，清醒地意识到“自我”的存在，“自我”的毁灭！犹如当头一棒朝她打来，她头晕目眩，失去了知觉。

她一直昏睡，不计时日地过了许久。

大夫来了好几次，是高迈请来的，大夫为她诊脉，察看她的瞳孔、舌苔、耳根、手心、足底，未发现任何病变；还用一种挺复杂的新式仪器测试她的神经，结果一切正常。出于自卫的本能，高迈向大夫隐瞒了妻子发病的原因，“吞药自杀”这四个字他难以启齿，那会给他招来很多麻烦，社会舆论，亲属的非难，甚至会承担什么法律责任。一个作家如果惹上这些，就会像捅了马蜂窝，嗡嗡地追着他没完没了，他的名誉，他的社会地位，他的创作生涯，就难以维持了。他没说，大夫竟然也没看出来，做了一个似是而非的结论：“您的妻子，她患了一种叫‘嗜睡症’的病。这种病，古今中外曾有过为数不多的先例，病人昏睡不醒，少则几天、十几天，多则几个月、几年甚至几十年。我国曹魏时期的阮籍——您是作家，一定知道他——他因为醉酒而昏睡了半年；苏联的一个姑娘则昏睡了二十一年，她是由于母亲去世，悲痛过度而失去知觉的。您的妻子在发病之前，精神上受过什么突然刺激吗？”

“没有。我们夫妻感情很好，家庭幸福，她工作上也很顺心。她昨天夜里，下了中班，从厂子里回到家就睡了……情况就是这些。”高迈说，省略了很多细节。

“唔，也许她在回家的路上遇到了什么意外，比如持刀抢劫之类……而回来又没告诉您？”大夫猜测说，很像在编造一篇推理小说的样子。出于对高迈这位社会名流的尊重，他看病是很认真的，远远超过了在门诊或病房里应付普通病人的那种心不在焉。

“没有，完全没有这种可能。”高迈堵死了这条思路，他可不希望把他的妻子牵扯进什么桃色凶杀案中。他暗暗嘲笑这位大夫在医术上的“二五眼”并且假充斯文，卖弄博学。

“那就好。”大夫说，不再深究了，给他开了好几种药，一一嘱咐服用的时间、剂量。并且告诉他：“在她醒来之前，除了药和水之外，不需要喂任何东西，嗜睡病人的新陈代谢是很缓慢的，药里面已经提供了足以维持生命的东西。耐心等她醒来吧，大概不会太久！”大夫临走的时候，甚至还回过头来像开玩笑似的补充了一句，“不管多久，她在睡眠状态都不会变老，假如……假如她睡上二十年，那么您在白发苍苍的时候，陪伴您的仍然是一位年轻美貌的妻子！”

这个饶舌的家伙，每隔两三天就来一次，把李金镯摆弄一遍，如同处理一具尸体；然后再调整一下他的药品的品种和剂量，并且和高迈说些天南海北的奇谈。他来了大约五六次，每次都说：“快了，她快醒了！”

高迈还得感谢这位大夫，没有他垫底，高迈心里不会这么踏实。

“自杀”“谋杀”的阴影消失了，连高迈也认为李金镯是患了“嗜睡症”，即使将来有个三长两短，有大夫的诊断证明，他也可以向任何人交代了。因此，他没有给天津的岳父岳母去信和电报，不想惊扰他们了。

制皂厂的人倒不请自来。班长突然不来上班了，那些婆婆妈妈就寻到家里来，问长问短，连刘利华也跟了来，还提溜了一网兜水果。

高迈看见这帮人，不免想起开搅拌机时的往事，恍然有隔世之感。他藐视刘利华这个势利小人，真想“损”他几句，话到嘴边又忍住了。算了，时至今日，早已证明了谁是谁非，不必跟他计较了。

刘利华倒未必不想跟他计较，这是一个“无缝不下蛆”的角色。“哎呀，大镯子真是福浅命薄，这日子正过得滋润，怎么突然病了呢？”他嘻嘻哈哈地，说出话来就带刺儿，“那天中班我还跟她说来着：您可得好好伺候高大作家，留神别让他甩了！得，这回她自个儿倒躺倒不干了，还得让您伺候她！唉，活该您倒霉，人生在世，破锅、漏屋、病老婆，这三样摊上一样都够呛！”

刘利华的语言有多么生动，拐弯抹角，把高迈心里头的“压痛点”都点了一遍，远比那位大夫更懂心理学！要不是同来的婆婆妈妈们拿眼睛瞪他，他还会更加入木三分地说下去。高迈本想回敬他几句，却说不出。低头沉默了半天，对刘利华说：“没什么，夫妻之间本应该互相照顾！”

婆婆妈妈们点头称是，啧啧赞叹，看着高迈耐心地给李金镯喂水喂药，艳羡她有这么一位好丈夫，各自满足地回去传播口头新闻去了。

这十几天来，高迈极尽丈夫之责。他捧着误诊的大夫给的那些药，却宁愿虔诚地相信这可以治妻子的病，定时、定量喂给她吃，轻轻地撬开她的嘴，用小勺把温度适当的药水一滴一滴地滴进去。他做得那样细心，即使有一点水星儿溅在她的脸上，他也会用手绢轻柔地拭去。每天早晨，他用毛巾蘸着温水、香皂给她洗脸、洗手，每天傍晚，为她洗脚。也许这纯粹是一种道德上的自我完善，一种良心上的自我谴责，一种感情上的自我补偿，也许是一种男人的本能。泼妇使男人猥琐，贤妻使男人疏懒，弱女子使男人怜爱。李金镯大难不死，慵倦昏睡，病潇湘似的静卧榻上，倒让高迈觉得她更像个妻子，自己也更像个丈夫了。他还从来没有这样做过丈夫，第一次感到关怀人、照顾人、体贴人也是一种幸福和享受。他半麻木地陶醉在这种自我感觉中，似乎自己的形象也更加高大完美起来。他想起卡尔·马克思在燕妮卧病时丢下了繁忙的写作日夜守候在床前，想起苏里柯夫在妻子去世后有半年的时间未握画笔而使调色板上的颜料干枯，想起元稹在亡妻灵前“为君营奠复营斋”的凄凉心境，仿佛自己也和这些杰出人物一样，成了一个奇男子，或者简直就是一个愁思百结、柔肠万转的文学形象，他感到满足。这些，冲淡了他的悔恨和自疚。他有对不起妻子的地方，但那已经过去了，金镯已经忘了，他也可以忘了。忘了吧，把一切不愉快的过去都忘记，让生活重新开始。他甚至觉得金镯失去记忆未尝不是一件好事，待她醒来的时候，他们之间就再也没有怨恨，而只有恩爱。他决心更专一、更深沉、更真挚地去爱金镯。他长久地端详着静卧中的妻子，愈发觉得她是端庄的、俊秀的、美丽的。金镯不老，三十四岁的人还像二十八九的样子，也许是没有生育过的缘故吧？在现代人的意识中，没有子女并不算缺陷，他们可以生活得无忧无虑、无羁无绊。一件东西，轻易得到时并不一定能充分意识到它的价值，突然失去时却身价百倍，失而复得更觉得价值连城。现在，在高迈眼中，金镯是完美无缺的妻子，是他生活中不可或缺的伴侣，是他的精神支柱，是他的骄傲，他深情地望着她，盼望她快些醒来。

这些，如果李金镯有知，她应该能感觉到。

她是感觉到了，十几个日日夜夜，她并不是一直在昏睡，有时像在做梦，有时似梦非梦，有时相当清醒，清楚地听到每个人说话，不同的性别，不同的身份，不同的语调，而中心议题都是一个：关于李金镯。凌乱的信息输送到她的头脑里，她费了好大的劲才厘出了点儿头绪，结论使她骇然：这个李金镯是自杀身死的，而周围的这些人，包括她的丈夫都认为她还活着！她想大声告诉这些人："我不是李金镯！我是……"不行，她又恢复了在空中飘荡的那种感觉，喊不出，看不见，动不得。像一只被关在屋子里的飞虫，想飞出去，往玻璃上撞呀，撞呀，撞得筋疲力尽仍然毫无希望，颓然落在地上喘息，她只好顶着"李金镯"的名字，静静地躺在床上，听任大夫对"嗜睡症"患者的摆布，听任"丈夫"高迈的侍弄，听任来访者的谈论。

她多么想听听这些人说点儿别的！难道这个世界上除了"李金镯"外就再没有别的人、别的事了吗？他们没有听说有一个叫"曾平"的女教师遇上车祸了吗？她后来怎么样了？还有她的学生，她的丈夫、孩子怎么样了？可惜，谁也没说起这件事！这个世界上发生的事太多了，每天四版《参考消息》、八版《人民日报》，再加上晚报……也只能登登重要的新闻，小小的曾平不会引起社会上的注意；这个地方也许离她的学校、离她的家太远，口头新闻传递不到这儿来。唉，信息！她多么需要信息！可是，关于"李金镯"的信息过剩，而关于"曾平"的信息却奇缺！

半月久违，江石突然光临。他兴致勃勃地催问高迈《凤求凰》写完了没有，高迈却告诉他这件事早置之脑后了。

他们默默地坐在李金镯的病榻前，相对无语。江石为李金镯不幸染上这种“嗜睡症”感到悲哀，也感到奇怪。

“是不是她过于劳累的缘故？”江石问。

“可能是吧？她上班的工作量很重，回家又有很多家务，把她累垮了！”高迈说。

“唉，唉！”江石连连感叹，“人毕竟不是机器，超过负荷就承受不了啦！我每次拍完片子，最大的愿望就是睡上它三天三夜！——可是，金镯怎么一下子昏睡十几天都不醒呢？”

“有时候也醒过来一会儿，还跟我说话呢！”高迈说，“不过，她好像记忆力减退了，话说得糊里糊涂，我都听不明白。”

“这倒没关系，病人嘛，说胡话的情况是常有的。老高，别惊动她，让她好好休息。等彻底醒过来就好啦……”

江石正说着，高迈却突然拉住他，压低声音说：“你看，她……她好像又醒了！”

“噢？”江石看见金镯的嘴唇果然在轻轻地嚅动，便立起身来，期待地站在床边，想和金镯说句话。

金镯却不像要醒来的样子，身子、手、脚都一动不动，眼睛也没有睁开，只是嘴唇在嚅动，像说梦话似的发出微弱的声音：“同……同学们，现在听我朗读课文……”

“她在说什么？朗读课文？”江石奇怪地看看金镯，又看看高迈。

“她……她做梦呢，说的是梦话，听不清楚。”高迈说。其实，他听得清清楚楚，金镯在叫“同学们”，俨然是个老师的口吻。对了，她在第一次醒过来的时候不就急着找她的“学生”吗？高迈心里非常奇怪：金镯这辈子从来也没当过老师，她哪儿来的学生呢？这到底是怎么回事？

“她好像说什么‘朗读课文’？”江石疑疑惑惑地问。

“哦，好像是。也许是她在梦中回忆自己的学生时代吧？”高迈只好这样捕风捉影地解释。不知为什么，他不大喜欢江石那种大惊小怪的神情，好像一个工人连上过学、在梦中读读课文都不可思议似的。

“可是，她怎么连口音都变了？”江石却固执地刨根问底，“金镯平时一口天津话，现在怎么变成纯正的北京口音了呢？”

是啊，这是高迈无法回答的。但是，此时的高迈却突然极力想为这一切都找到证据，好像金镯在面临什么攻击，他作为她的丈夫，要为她辩护。

“哈，”高迈不以为然地笑了一声，“在北京生活这么些年，口音还能不改？她平时说天津话，只不过是出于家乡观念罢了。”

“是吗？”江石喃喃地说。

这时，更加不可思议的事情却发生了，躺在床上的金镯已经在“朗读课文”，虽然声音很轻，却很清晰，音调柔和、徐缓，像电台的播音员，而且……

“她念的是英语！”江石吃惊地说。

“噢？”高迈也吃了一惊，他呆呆地望着妻子。金镯闭着眼，在轻声朗诵：

“Once there lived an old tiger in a forest. He did not often go to look for food himself. Each day he made one of the smaller animals bring him something to eat…”

“一篇优美的童话。她念得这么流利、抒情，标准的伦敦音！”江石不由得赞赏，他问高迈，“金镯什么时候学的英语？我怎么从来都没见她露过这一手？”

高迈比江石更纳闷儿。他当然知道，金镯的那点儿文化水平，连中文都念不大通顺，何况英语？二十六个字母恐怕都认不全！怎么可能因为得了“嗜睡症”就无师自通？但是，他不愿意向江石承认这一点，眼下，英语变得越来越时髦，他自己都后悔当初学的是俄语，后来跟着电视学英语，年岁大了，很费劲。而金镯却……虽然这件事莫名其妙，高迈却希望它是事实，容不得别人怀疑！

“噢，她学过，小时候，家里专门给她请过一位家庭教师，教了她好几年，可惜……一直也没有用上！”高迈信口为妻子编造了这么一段历史，连他自己都觉得像在虚构故事。可是，他本能地要这样做，不然怎么办呢？

江石默默无语。他觉得这两口子都很反常：金镯突然口音变了，谈吐变了，连气质和职业特征都变了！他太熟悉金镯了，根本不相信高迈的那些“解释”。怎么高迈也变了？他以前总是嫌金镯“土”“粗俗”，奚落、嘲弄、不满，而今天却一反常态，处处为金镯“美言”，极力把他的妻子描绘成另外一个样子——而金镯也确实像变成了另外一个人！

江石怀疑自己是在做梦。他悄悄地掐了掐自己的手，很疼；又回头看看窗子，很亮。大白天，不是做梦。那么，这怎么解释？简直是见了鬼了！他想起不断听到的一些怪事：耳朵认字啦、透视眼啦、未卜先知啦，说得有鼻子有眼，科学家却认为是反科学的无稽之谈。还听说有的人死了之后，“灵魂”附在别人身上，说话、做事都像死者的样子！这些，他自然都不真信。可是，面前的这个李金镯不就是已经“摇身一变”了吗？

江石不敢把这些都说出口来，显然，那样会使高迈不高兴。他突然觉得自己和高迈之间疏远了，交往多年，他并不真正了解高迈，现在才发现了高迈身上过分的虚荣：对“病态”的金镯比对正常的金镯更爱！

他不禁为自己的老朋友担心：一旦金镯睡醒之后，变得像个生人似的，高迈将怎样和她一起生活？

金镯又静静地睡去了。高迈深情地端详着她的脸，心里翻腾着不可言说的思绪。他对金镯的“变”所感到的惊讶，丝毫也不亚于江石，一向以“唯物主义者”自居的他，此时也疑疑惑惑地想起那些关于“灵魂”的说法，他愿意相信人死了是有灵魂的，灵魂是可以“转世”的。现在，显然他的金镯已经死了，造物主赐给了他一个全新的金镯、理想的金镯，难道还不是事实吗？他为什么不接受上天的这个馈赠？即使这个金镯完全变成了另一个人，又有何妨？她丢弃了原来的金镯的一切短处，凭空增添了许多长处：知识丰富、谈吐文雅。这不正是他需要的妻子的形象吗？——何况她的相貌并没有改变。她还是金镯，只是变得可爱了，完全有资格做他的妻子，甚至可以成为一个女“强人”，他梦寐以求的一切，都奇迹般地得到了！

他被幸福所陶醉，想象着以后的全新的生活，并且不知不觉说出口来：“金镯早就说过，在制皂厂工作太累了，不能发挥她的所长，我也一直想给她调个地方，可是写作一忙，总也顾不上。等她病好了，老江帮她想想办法吧！教书，当翻译，都行。呃，你们那儿缺不缺人？搞搞译制片什么的？”

“嗯？”江石在默默的思索中被他问得一愣，他没想到高迈已经盘算得这么远了，眼前这件稀奇古怪的事情还没弄清楚呢，你做什么梦啊？唉，老高！……可是，他不想打击高迈的兴头，“噢，我回去帮你问一问吧！”说着，便想告辞，回去琢磨琢磨。

“你可要抓紧啊！”高迈又叮嘱他。

江石微笑着点点头。不知为什么，他突然想和高迈开个玩笑：“等金镯病好了，你们将开始全新的生活，一个作家，一个翻译，配合得更默契、更协调了。你还可以带她多参加一些社交活动，宴会啦，舞会啦，过去都没有金镯的份儿！如今可是夫人外交的时代哟，你出国访问，金镯是最理想的翻译和旅伴，会给你的事业带来更大的成功！”

“我相信！”高迈完全没有听出江石有什么嘲讽的意思，憧憬于理想世界之中，“凤飞翱翔兮，四海求凰！”

“你还求什么‘凰’？最理想的‘凰’就在你身边！”江石那胖胖的圆脸上，八字眉幽默地动了动。

“唔！”高迈像突然获得了创作灵感那样激动，“一点儿不错！这就是我苦苦寻找的司马长卿的自我感觉，他的情感，他的脉搏，他于琴弦上倾诉的心曲！老江，我要尽快地给你完成剧本，没有金镯，就没有《凤求凰》啊！”

“好吧！”江石拿起沙发上的皮包，又往床上的金镯望了一眼，走出了高迈的卧室。高迈送他出去。江石没有再催问稿子的完稿日期，只是叮嘱高迈在伺候病人方面该如何如何，并且表示，如果有什么困难，他和他的妻子都可以来帮忙，随叫随到。高迈却处于精神亢奋状态，喋喋不休地说着《凤求凰》的风格样式，甚至演员和外景地的选择，等等，把江石送下了楼，又沿着马路走了好一段路，直到地铁的入口处，才挥手作别，怀着一种不可言状的激情走回家来，似乎立即就要坐在那间闲置了半月之久的书房里，奋笔疾书。

当然，他现在还不能动笔，还得先耐下心来照顾金镯，等她好了以后……

他走回卧室，顿时惊呆了。李金镯已经不在了，人去楼空！

“金镯，金镯！”他张皇四顾，呼唤着，寻找着，只听到空屋子里嗡嗡的回声。

她现在正走在大街上。

一离开那个房间、那套单元、那座大楼，跨上了马路，她立即就不再感到陌生了。认得的，她认识这条街道，过去常从这儿经过。北京城是一座方方正正的城市，街道大多是东西南北走向，排成一个密密麻麻的棋盘，她很快从心中的棋盘上找到了自己现在的方位，并且准确地知道，从这里到她的学校、到她的家有多远，坐几路公共汽车，几站下来。她好像又回到了人间，不知是从天堂还是地狱回来，总之是又回来了。她不知道自己在那个陌生的地方耽搁了多久，只是突然发现街上已经是盛夏了，柳树、白杨树、国槐树，树冠变得墨绿墨绿的，在太阳的照耀下，闪动的叶片银光耀眼，树间有蝉鸣。她新奇地看着这一切，好像离开好多年之后又回到了北京。一辆公共汽车开来了，她像往常一样尾随着等车的人们，拥挤着上车，这时候，她本能地提了一下手中的皮包，才发现自己并没带皮包，又想摸摸衣兜里有没有月票，结果，又发现身上没有衣兜——她只穿着一件衬衫和一条毛线裙，连一分钱也没带。她愣愣地留在车站上，售票员鄙夷地瞟了她一眼，关上车门开走了。好一阵，她才明白过来，她的皮包、她的月票，她的衣服都不知在何方了，她现在穿的是李金镯的衣服，匆忙之中，她来不及细看，胡乱穿在身上就跑出来了。啊，那个倒霉的李金镯，可怜的李金镯，早已不存在了！

在高迈和江石谈话的时候，她开头模模糊糊，后来越来越清醒了。她的“病”，像装有一个奇妙的开关，关上时昏昏欲睡，打开时头脑清晰。一切都听明白了：李金镯，高迈，他们之间复杂的感情纠葛和微妙变化，这些都和她无关，听来却又让她动心、寒心！躺在床上的她，莫名其妙地扮演了一个多么可怜的角色！不，她根本不承认自己是“李金镯”，甚至想一跃而起，夺门而走。她没有那样做，而采取了现在这种方式，不辞而别。

身上分文莫名，她只好徒步行走了。沿着熟悉的街道，她走得很快，很急。虽然身上十分疲乏，但她却似乎不觉得累，这是往家里走啊，对于一个离家很久的女人来说，还有什么能超过丈夫和孩子对她的吸引力！

夏天的夜幕落得很迟，很慢，她走到了自己家所在的那条胡同的时候，天刚擦黑。正是下班的时候，胡同里很拥挤，骑车的，步行的，摩肩接踵地奔忙在窄窄的小街上。路旁，人家门前的草茉莉花儿正开得灿烂，暮色苍茫中犹如点点灯火。远处，那几株大树绿荫如盖，她离家时槐花、梧桐花飘香呢，现在，花谢了，碎瓣儿在地下随着人脚飞。这景象，她感到亲切，好像嗅到了从家里飘来的温馨的气息。她猜想，儿子亮亮该放学了吧？女儿珊珊也已经接回来了吧？何泉在干什么？在做饭？这个巧手男人，今天又准备了什么晚饭？唉，难为他，自己离开家这么多天，让他一个人辛苦了！

胡同不长，她却像走了很久很久，也难怪，她几乎是数着脚步走的，每迈一步，心跳就加快一挡！到了，望见那个门楼了，走到自己的家门口了，她的脚步快得像奔跑，简直要大声疾呼："何泉、亮亮、珊珊，我回来了！"

门楼里出来一个老太太，手里端着个土簸箕，歪歪扭扭地走着，是去倒垃圾。那不是马大妈吗？老年人眼花，走对面竟然都没认出她来，也不打个招呼。

"马大妈！"她激动地叫了一声。

老太太吓了一跳，抬眼瞅着她，问道："姑娘，您……您找谁啊？"

马大妈不认识她了！"我是曾平……"她说，伸手扶住老太太的肩膀。

"啊，曾平？"老太太像见了鬼似的骇然色变，"曾平不是都死了吗？死了半月啦！"

“噢……”她像是突然听到了原子弹爆炸，巨大的冲击波几乎要把她推倒！这是第一次从别人口中得到自己的“死”讯，第一次意识到自己是一个“鬼”！是了，马大妈当然不认识她，因为她的脸、她的身体是“李金镯”！不要说了，她能对一位街坊说什么？她只能自找台阶地补充了一句：“我是曾平的朋友……”

“哟！”老太太一惊一乍地说，“您这一大喘气差哪儿去了，把我吓着了！敢情您是曾老师的朋友，怎么连她死都不知道？好家伙，官司打了半个月，昨儿才算完，不是都登了报了吗？您没瞅见？还有大相片呢！得，这官司也算没白打，这党也入了，钱也给了，她妹妹也有了工作了，全齐！”

官司？又是一次核爆炸！她简直被击昏了，一个踉跄，差点儿把老太太撞倒，土簸箕“哐啷”一声摔在地上！

“姑娘，别太难过，”老太太倒不急于捡她的土簸箕，反而先安慰这位“曾平的朋友”，“人死如灯灭，再好的朋友也有分手的时候，人家事主都比您想得开，这不，曾老师刚死，何泉就张罗着续弦啦！”

“什么？什么？他怎么会……”

“怎么不会？丈母娘保的媒，娶他的小姨子！”

屋里好亮堂，和幽暗的胡同、幽暗的院子相比，那才是人的世界。

好像不曾发生过家破人亡的大事，这个家依然存在。那张用了十年的方桌还摆在原来的地方，一家人围坐在桌旁吃晚饭，何泉、亮亮、珊珊，还有曾莉，她坐的是过去曾平常坐的地方，右边挨着何泉，左边挨着珊珊。饭菜显然还是何泉做的，曾莉不擅烹饪，这，曾平是知道的。

何泉给亮亮夹着菜，问他：“今天的功课多吗？”

亮亮说：“多。老师让我把这些天缺的作业都补上，我把同学的作业本借来了。”

“是得补上，”何泉嘴里嚼着饭说，“学好了本事是自个儿的，父母不能跟你一辈子。你已经是大孩子了，往后要自个儿管紧点儿自个儿。”

“哎。”亮亮答应着，往嘴里扒饭。

珊珊还是那么娇气，自己有手不用，噘着嘴说：“爸爸喂我！”

“又是这一套！”何泉看了她一眼，“在幼儿园你不是自个儿会吃吗？”

珊珊嘴一撇，想哭。

何泉放下筷子，拿起珊珊的小勺，说：“好，奴才喂你！奴才要是螃蟹……”

珊珊推开他的手，“爸爸说话不好听，我要小姨喂我！”

“好，小姨喂珊珊！”曾莉笑着接过何泉手中的小勺，嗔怪地朝何泉说，“以后不让你再当‘奴才’了！”

何泉不好意思地笑了：“珊珊，小姨疼你！不要再叫小姨了，叫‘妈妈’！”

“妈妈！”珊珊果然甜甜地叫了一声，曾莉的脸羞红到耳根。

“你也叫！”何泉朝亮亮使个眼色。

亮亮没有叫，一双大眼睛垂了下来，闪着亮光。他毕竟是大孩子了。

“你是不是……”何泉迟疑地看了他一眼，“还在想着你妈？不要再想她了，她把我们都扔下了，不管了，以后小姨就是你妈！”

“我没妈！过去没妈，以后也不要妈，自个儿管自个儿，您刚才不是说了吗？”亮亮说，抹了抹眼睛，继续吃他的饭。

“那也好……”曾莉扫了他一眼。

何泉为难地叹了口气，望着曾莉说：“小莉，你……别跟他一般见识！”

…………

窗外，一个暗淡的身影悄然离去了。如果再耽搁一分钟，她就可能一阵冲动闯进屋去，那不知将是怎样一种局面？不能那样！这里已经没有她的位置，她——一个陌生的女人“李金镯”闯进人家的家庭干什么？这里的一切都与她无关。她都管不了啦！

她退了出来，从熟悉的院子、熟悉的门楼退了出来，在熟悉的胡同里游荡，像一个幽灵。路灯下，在公共阅报栏里张贴着昨天的晚报，一点儿不错，她的照片、她的名字，通栏标题印着：《记以身殉职的模范班主任曾平》。这像一篇祭文，一块墓碑，标志着她已经功德圆满地走完了人生的旅程，她已经死了。死了的人都是悠闲的，她有充分的时间逐字逐句地看完这篇文章，王校长向记者谈的那些关于她的赞誉之词，甚至使她有些激动不已。她当然不会知道在这篇文章的背后，她的同事对她所发的微词，也不会想到此文发表后在学校里会引起什么实际反应。好在死者并未审阅清样，不必承担什么“自我吹嘘、一手炮制”的罪名了。她感到欣慰的是自己终于在死后成了一名共产党员，而且以“以身殉职”盖棺论定，一个人，这样的死法，是极为体面的了，应该知足了。况且，她从文章中知道，她的五十二名学生全部安然无恙，也了却了她的一桩心事，的确可以死了。

她离开阅报栏，在路灯下踽踽前行。走着，走着，脑子里想起很多奇奇怪怪的事。据科学家说，世界上死亡的人，相当一部分是“假死”，被匆匆地烧了或是埋了。有的到了火葬场又“诈尸”活过来，有的在棺材里又恢复了知觉。所以，现在西方发明了一整套仪器，作为陪葬之用，如果“死者”有生还的可能，他可以在棺材里发出求救的信号，于是，家属破坟开棺，亲人团聚，“死者”又开始了第二次人生。这不是神话，也不是科学幻想，而是事实。这真是一项伟大的发明，它将挽救多少人的生命，挽回多少个家庭的悲剧！试想，一个人睁开眼发现自己躺在棺材里，没有光明，没有门窗，没有足够的氧气，呼天天不应，叫地地不灵，那将是怎样的痛苦！而她，正是在这样的痛苦之中，她没有死，她还活在人间，可是，又有谁承认？在人们的心目中，她已经死了。

一个“死”了的人，优哉游哉，从胡同走向大街。一条大街又一条大街，都是她过去走过的地方，熟悉得很。只是过去太忙，不像现在走得这么清闲，这么从容。

夏夜，清凉而宁静。长安街上的枝形路灯闪耀着一串乳白的光，伸向远方。马路上车辆少了，显得空荡荡的，红绿灯不再明灭，交通警察下班睡觉去了，一对一对的恋人，手拉手，肩靠肩，在街心通行无阻，信马由缰，交通规则不存在了，人变得自由了。

她从来没有这么自由地游逛过，无遮拦，无阻隔，也无目的。是的，她不知自己在往哪里走。

她突然想起，这个世界上还有一个挂念她的人，只有这个人顽固地相信她还活着，他就是高迈。这是一个萍水相逢的人，她在他家里住了据说有半月之久，他一直守候在她的床前，给她喂水、喂药、洗脸、洗脚甚至擦身！他表现了极大的耐心和温情，握着她的手，一再叙说着他是多么爱她。她失踪了，高迈一定急坏了！

那么，她现在是去找高迈吗？回到那个“家”，去当高迈的“妻子”？从此隐姓埋名，作为“李金镯”而苟延残喘、苟且偷生？不，那还不如去死！仅仅想到这个念头就足以使她感到莫大的耻辱！

不错。高迈那里有她的位置，他在焦灼地等她，惊慌地找她。如果她安然回家，高迈会高兴得发狂！

高迈，真的是这么爱他的妻子吗？

他的妻子是谁？谁是他的妻子？

不，她不是高迈的妻子，她不是李金镯！李金镯已经死了，再也不会回来了！

她回味着在高迈家里时的一切……

她躺在床上，眼睛看不见，手脚动不得，声音喊不出，像一座雕像，像一具僵尸，像一只筋疲力尽从玻璃窗上撞落的飞虫。那是谁？是曾平，还是李金镯？不知道。那是一个死了的人，被钉在棺材里，可还想挣扎。不管是谁吧，反正都一样！

我是谁？我究竟是谁？

我到底是死了，还是活着？

我去哪儿？

她问自己，问空荡荡的马路，问清凉的夜色。

她走着，像一撮泡沫，一根羽毛，一片落叶，一缕烟云，一阵清风……

写于1986年春

（发表于《女作家》1986年第4期。收入霍达小说集《魂归何处》，北京十月文艺出版社1988年版）

图书在版编目（CIP）数据

红尘 / 霍达著. — 北京 : 北京十月文艺出版社，2017.10

ISBN 978-7-5302-1649-1

Ⅰ. ①红… Ⅱ. ①霍… Ⅲ. ①中篇小说—中国—当代 Ⅳ. ① I247.5

中国版本图书馆 CIP 数据核字（2016）第 313005 号

红 尘

HONGCHEN

霍 达 著

出　　版　北京出版集团公司
　　　　　北京十月文艺出版社
地　　址　北京北三环中路 6 号
邮　　编　100120
网　　址　www.bph.com.cn
发　　行　新经典发行有限公司
　　　　　电话（010）68423599
经　　销　新华书店
印　　刷　北京盛通印刷股份有限公司
版　　次　2017 年 10 月第 1 版
　　　　　2017 年 10 月第 1 次印刷
开　　本　880 毫米 ×1230 毫米 1/32
印　　张　7
字　　数　173 千字
书　　号　ISBN 978-7-5302-1649-1
定　　价　35.00 元
质量监督电话　010-58572393
如有印装质量问题，由本社负责调换。